JN198895

# 恋の一文字教えてください

*Himari & Yujin*

葉嶋ナノハ

*Nanoha Hashima*

エタニティ文庫

# 目次

# 恋の一文字教えてください

七月中旬。今年初めて聞く蝉《せみ》の声が、梅雨《つゆ》明けの夏の日差しとともに窓から入り込んでいた。額《ひたい》と両手をつけた床板は、夏の気配に反して意外とひんやりしている。

この沈黙がつらい――などと悲劇のヒロインぶっている場合ではないので、息を深く吸い込んで、私、杉田日鞠《すぎたひまり》はお腹の底から声を出した。

「資金が底をつきました！　半年だけここに戻らせてください！」

もうすぐ二十五歳になるというのに実家で土下座して、こんな台詞《せりふ》を言うことになるとは思わなかった……。まだ続く沈黙の中、蝉だけがじーわじーわと威勢がいい。本来ならば日曜日の、のんびりした午後を味わうはずだった家族の雰囲気を壊しちゃって、大変申し訳ないのだけど。

「日鞠……あーんたねぇ」

「わかってます！　よーくわかってます！　ほんっと、すいません、琴美《ことみ》お姉様！」

頭を下げたまま、姉の呆れた声を遮《さえぎ》った。

「次の部屋を借りるお金が貯《た》まったら、すぐ出て行くから」

うーん、と姉の唸《うな》る声が聞こえた。よし、このまま低姿勢な態度でいこう。床からそーっと顔を上げ、上目遣いでお伺《うかが》いを立てる。

「納戸《なんど》でいいの。そこに少しの間だけ住まわせていただければ……」

「あそこは五畳しかないし、荷物でいっぱいだよ」

「大丈夫！　私、持ち物超少ないから！」

ソファに座っていた長女の琴美姉《ねえ》とその夫、そして次女の幸香《さちか》姉がこちらをじっと見ている。琴美姉から幸香姉に視線を移して訴えた。

「あのう、何なら二階でもよろしいんですが……」

一階は長女家族、二階は次女家族が暮らす、二世帯住宅なのだった。別名私の実家でもあるんだけど。

「ちょっ、うちは子ども四人だから無理だよ、無理」

お座りができたばかりの赤ちゃんを膝の上に置いている幸香姉が慌てた。赤ちゃんはカバーをつけた扇風機《せんぷうき》が気になるらしい。両手をそちらに伸ばして体を揺すっているのが可愛い。

「あはは、ですよねー」

苦笑いして琴美姉に顔を戻すと、彼女がため息を吐《つ》いた。

「うちだって三人いるんですけど」

「じゃあ私が四人目ってことで」

「日鞠、調子に乗らない！」

「す、すみませんっ」

怖い怖い。肩を縮めて即謝った。こういうときは長引かせずに、すぐ謝るのが大事。

「まぁまぁ、ここはもともと日鞠ちゃんの実家でもあるんだから、半年くらい――」

「甘やかさないの！　一生東京に住むから、こんなとこいたくないって言ったのは日鞠なんだから」

お義兄《にい》さんの助け船を沈ませた琴美姉が、私を睨《にら》みつけた。

うん、確かにそう言いました。何でもできる、自分には才能があるって信じ切っていたあの頃。若気の至りというより、もはや黒歴史だよね～。……そのときの自分を殴りたい。

「甘やかした結果がこれなんだからね。いくら末っ子って言ったたって、夢ばっかり見て好きなことして。結婚もしないし、やりたい放題じゃないの。その歳でフリーターとか、この先どうすんのよ。大体あんたは……」

あー始まっちゃった。こうなると琴美姉のお説教は長い。家を出てからろくに連絡を入れず、実家に帰ることも滅多になかったこと。そもそも大学へ行けと言われたのに、勝手に専門学校を決めてしまったこと等々。どんどん過去にさかのぼっていく琴美姉の話を、じっと聞き続けた。

「お父さんとお母さんが遺《のこ》してくれた日鞠用のお金の一部は、学費に使った。残りはあんたが結婚するときまでとっておくつもりだったけど、どうする？　今使う？」

「……やめとく」

「だね。それが賢明だよ。ここに住む気なら真面目に働く道を探して、いい人見つけて早く結婚しちゃいなさい。とにかくあんたはね、小さい頃から……」

お説教再燃したよ。黙って頷いてやり過ごすしかないか。

「日鞠～、こっちおいで」

と、このタイミングで隣の和室にいたおじいちゃんが私を呼んだ。

「は～い。あの、おじいちゃんが呼んでるから」

「ちょっと日鞠」

「すごく反省してます。今後、真面目に働くつもりですので、ここに置いていただけると助かります」

もう一度頭を下げると、またもや琴美姉と幸香姉のため息が聞こえた。三時をすぎたから、幸香姉の旦那さんが、隣の公園で遊ばせている子どもたちを連れておやつを食べに帰ってくる頃だ。今日はこれ以上のお説教はないだろう。やれやれ。

そろりとその場を立ち去る。

実家とはいえ無理かな、やっぱり。納戸《なんど》はいいとしても、ここにいたら無理やり結婚させられそうだし、毎日こんな感じで叱られるのも、つらいものがある。こうなったら友人宅を渡り歩くしかないか。迷惑になると思って、それだけは避けたかったんだけど……

そんなことを考えながら部屋に入ると、おじいちゃんが私に言った。

「お前は、いくつになったんだい？」

座布団に座って俯《うつむ》いているおじいちゃんのそばに正座をする。

おじいちゃん、スマホ弄《いじ》ってるよ。操作速いな〜。

「来月の三十一日で二十五になるよ」

「二十五にもなって、一緒に住んでくれる男もいないのかい」

「うっ……それは、その」

顔を上げたおじいちゃんの笑みが痛い。

「正直に言ってごらん」

「い……いません」

正直でよろしい、とおじいちゃんが声を上げて笑った。

「ねぇ、おじいちゃんの家に住んだらダメかなぁ」

　おじいちゃんは父方の祖父だ。おばあちゃんは私が生まれたときには病気で既に他界していて、それ以降おじいちゃんは一人暮らしをしている。おじいちゃんの家は、ここから車で二十分くらいの場所だ。

「ダメよ日鞠！　おじいちゃんには彼女がいて、最近同棲中なんだから。邪魔しないの！」

　リビングから幸香姉の声が飛んできた。耳を疑うその言葉を、目の前にいるおじいちゃんにぶつける。

「へ？　か、彼女⁉」

「同棲っつうか、半同棲な。悪ぃなぁ、日鞠」

　マジですか。

「う、ううん、全然悪くないよ～。そっかーおじいちゃん彼女が、そっかー」

「いいいいいいえすえぬえすでメールもやっとるぞ、ほれ」

　弄《いじ》っていたスマホの画面を、おじいちゃんが私に見せた。……何このラブリーな感じ。

「可愛いスタンプ、だね……はは。あ、今、その彼女とやってたのね。ああ、へー……」

　完全に負けました。

　相手は週に一度、厚意でお掃除にきてくれていた近所の女性だという。歳はおじいちゃんの二十個も下の未亡人。

「お前は可愛いから、彼氏なんぞ、すぐにできるだろ」
「まぁそう上手くもいかなくてさ、これが。おじいちゃんだけよ、可愛いなんて言ってくれるの」

ここ、杉田家は私の実家であり、姉二人の二世帯住宅でもある。杉田家とは言っても姉たちはそれぞれ結婚相手の姓に変わっているから、厳密には杉田家ではないんだけど。それは置いといて。

私が高校へ入ってすぐ、両親は事故で他界した。そのとき、私の歳の離れた姉二人は、それぞれ結婚して実家から出ていた。だけど彼女らは一人になった私を心配し、ここを二世帯住宅に改築し、私も含めて一緒に暮らそうと提案してくれたのだ。二人とも実家から近いアパート住まいだったので、話はスムーズに進んだ。

それなのに、家の改築後、私は姉たちと短い期間一緒に住んだだけで、一人暮らしを始めてしまう。東京の美術専門学校へ進学したのだ。そして卒業しても実家には帰らず、一人暮らしを続行した。

必ず有名になるんだと夢を追いかけ、バイトに明け暮れながら絵を描き続けたこの五年間。同期の何人かは一般文芸書や文庫本の表紙を飾る商業デビューをし、個展は盛況、同人誌も売れまくりになっている。

一方の私はというと、個展をひらいたり、同人誌も出してみたけれど……あまり人気は出ず、デビューもできず。それでも、好きでやっていることだからいいと思い続けていたが、あることがきっかけで、私はスランプに陥《おちい》ってしまった。何も描けなくなる状況が続き、そうこうしているうちにバイト先が倒産。他で働き始めるもたいしたお金にはならず、いつの間にか夢も萎《しぼ》んでいた。

『一生ここでは暮らさない』なんて粋《いき》がって出て行ったので、姉たちに叱られるのは自業自得だ。私がいない間に姪《めい》っ子や甥《おい》っ子が増え、私の部屋はとっくに子どもたちの部屋に変わっている。

「それでお前、働く宛《あ》てはあるんかい？」

「え、あ、ええと、こっちでバイトか何か探すつもり。それでお金が貯《た》まったら、どこかに部屋を借りるよ」

「おじいちゃんの知り合いでな、店番を頼みたい、って言ってる人がいるんだがくるかい？　うちの近所だよ」

「店番て、何のお店？」

「書道専門店だ」

「……書道専門店？　筆とか売ってるの？」

「そうそう、そういうの。おじいちゃんが尊敬している書道家の先生でな。書道教室をしながら、店もやってるんだ」

「ふーん」

書道専門店かぁ。習ったこともないし、全くわからないんだけど……時給は低そうな印象を受ける。出直すにはそれなりのお金が欲しい。だって家を出るとなると、そこそこのお金が必要になるわけだし。

「忙しい人だから、本当は店番と一緒に住み込みで家政婦もやって欲しいって言ってたような……」

「それほんと⁉」

「お、おお、多分な」

住み込みだったら、その名の通り住む場所が確保できる。家政婦って、いわゆる家事手伝いってことでいいんだろうか。それならお給料もそれなりのはず。そうか、その手があった。

「興味ある。よかったら紹介してください」

「そうかそうか、じゃあおいで。明日おじいちゃんは家に帰るから、一緒に行こう」

「うん、ありがとう」

私がそう答えるのと同時に、お盆の上にグラスをのせた琴美姉が入ってきた。

「おじいちゃん、その人、大丈夫なの？」

「俺が尊敬する立派な人だ。大丈夫だ」

おじいちゃんと私でグラスを受け取り、冷えた麦茶を同時にごくりと飲む。ああ、小さい頃から慣れ親しんだ杉田家の麦茶だ。香ばしい匂い、濃すぎず薄すぎない、ちょうどいい具合の、やかんで煮出した麦茶。ペットボトルじゃこうはいかない。家を離れて初めてわかるこの美味《おい》しさ。ノスタルジックな思いが、喉を一気に通りすぎていった。

おじいちゃんは同居していないけれど、私たち姉妹をずっと気にかけてくれていた。だからなのだろう。琴美姉は、おじいちゃんにそれ以上何も突っ込まなかった。

しばらく働いて新しい場所に住む資金を貯《た》めよう。それまでに就職先も探して……うん、その前に何か資格を取るんだ。絵だけでここまできてしまった。でも、もういい加減諦めて違う道を探さないと。

グラスについた水滴に人差し指で触れる。水滴は、つっと流れてテーブルに落ちた。

おじいちゃんの家がある逗子《ずし》は、海がとても近い町。何年振りだろう、そこを訪れるのは。

＋　＋　＋

翌日、おじいちゃんの家まで琴美姉に車で送ってもらった。

門の前でブレーキをかけた琴美姉が、後部座席に座る私とおじいちゃんを振り向く。

「着いたよ～」

「琴美ちゃん、ありがとな。お茶飲んでくかい？」

「ううん、いい。今日午後から幼稚園の保護者会なんだ。またくるね。日鞠をよろしくお願いします」

「あいよ」

どっこいしょ、とおじいちゃんがドアを開けて車を降りた。

「日鞠、おじいちゃんの負担にならないようにね」

「うん、大丈夫」

「夕方には帰っておいでよ」

「あー、私このまま高円寺《こうえんじ》に戻るから」

「そうなの？」

「これで決まりってわけじゃないだろうし、もう少しあっちでも仕事探してみる」

「どっちにしろ連絡ちょうだいよ？」

「ありがとう、琴美姉」

「いいえ」

車を降りてすぐ、仄《ほの》かな潮《しお》の香りがした。ここから海は見えなくとも、気配は感じる。

「あ……何だろう」

胸が甘酸っぱい気持ちで満たされた。実家に帰ったときよりも強い、郷愁みたいなものが込み上げる。ずっとここにきていなかったせいかもしれない。

琴美姉の車を見送り、門の前でぼんやりしていると、おじいちゃんの声が耳に届いた。

「早くおいでー」

「は、は～い」

もう玄関のドアを開けている。

おじいちゃんは、七十を超えてるはずなんだけど、かなり若く見える。早くに結婚して子どもができた人だからだろうか。実際、私たちくらいの年齢の孫がいるおじいちゃんにしては若いほうになる。お父さんが早く結婚したのは、おじいちゃん譲りかもしれない。

とにかく歩くのは速いし、車も運転してるし、まだ骨董屋《こっとうや》を営んでいるし……彼女までいるし。羨《うらや》ましい。

「お邪魔しま～す。あー……おじいちゃんちの匂いだ」

靴を脱いで一歩足を踏み入れると、懐かしい匂いに包まれた。

狭い廊下を進み、右に曲がって突き当たりにある台所へ入る。

「お前、ここにくるの久しぶりだもんなぁ。何年振りだ？」

「東京に出たあと一度もきてないから……。ごめんね、なかなかこられなくて」

「いいんだよ。琴美と幸香がしょっちゅう家に呼んでくれるからな。何も寂しいことはない」

冷蔵庫を開けたおじいちゃんが麦茶を取り出した。私は置き場所の変わっていない食器棚から、グラスを手にする。

「彼女もいるしな」

笑ったおじいちゃんに、苦笑いで応えながら訊ねた。

「今日はその、彼女さんは？」

「仕事だ。夕方くるって言ってた」

「へぇ、仲良しなんだね」

「まぁな」

おじいちゃんのスマホが鳴った。

応対に出て話し始めたおじいちゃんの横で、椅子に座って麦茶を飲む。琴美姉が淹《い》れるお茶とは少しだけ味が違った。これはこれで、とても美味《おい》しい。

「ちょっとご近所さんに用ができたんで、お前店番しててくれないかい？ そのあと、書道の先生に紹介しに行くから」

通話を終わらせたスマホをズボンのポケットに入れ、おじいちゃんは立ったままで麦茶を飲んだ。

「店番って、骨董屋《こっとうや》の？　私でいいの？　誰かきたらどうすればいい？」

「滅多にこないけどもな、もしもきたら適当に相槌《あいづち》打って、困ったらおじいちゃんのスマホに電話くれ」

「わかった」

「じゃあ行ってくるわ。そっちに店のドアがあるのはわかるな？」

「うん、覚えてる。行ってらっしゃーい」

「頼んだよ」

おじいちゃんを見送ったあと、台所を出て廊下を通り、玄関近くのもうひとつのドアを開けた。

しんとしたお店の中へ入る。ここはまた独特の匂いがする。電灯のスイッチを入れると、様々なものが目に飛び込んできた。掛け軸、大皿、小皿、兜《かぶと》に木彫りの置物多数。柱時計、お面、椅子などがところ狭しと置かれていた。骨董屋だから当たり前なんだけど、古びて色の掠《かす》れたものや錆《さ》びたものがたくさんある。今見れば、味のあるものばかりだ。子どもの頃はそれらがとても怖く思えて、すぐ外に出ちゃったっけ。

表の路地に面しているお店のドアの鍵を開けて、外の空気を少し入れた。

趣味がてら開けているお店とはいえ、ネット時代ということもあって全国から問い合わせが入るという。

「誰が買うのかなぁ、こういうの」

お店の中を歩きながら大きな壺をちょん、と触ったとき、ドアがひらく音がした。え、嘘！　早速お客さんきちゃった⁉

「い、いらっしゃいませ〜」

私の声にこちらを向いたお客さんは、途端に不機嫌そうな表情をした。眉をひそめて私をじっと見ている。な、何だろう？　もしかして常連さん？　軽く会釈《えしゃく》をすると、その男性は目を逸らして置いてある骨董品《こっとうひん》を眺め始めた。

意外と若い人がくるのね。

この人、結構カッコよくない？　ううん、結構どころか、かなりカッコいいかも。

背は一七五センチくらい。黒髪に引き締まった体型の男性は紺色のTシャツを着て、こなれたジーンズを穿《は》いている。あんまりジロジロ見てはいけないと思いつつ、彼の足元に目をやると……げ、下駄《げた》⁉　ビーサンかと思ったら下駄⁉

彼は、下駄に視線を奪われている私のほうを向いた。

「杉田のおじいちゃんは？」

こちらを見つめる瞳に、どきりとさせられる。

「えっと、今さっき出かけたんですけど、すぐ戻るそうです」

「そう」

やっぱり常連さんなんだ。さっきは私が店番をしていることを不審に思って、変な顔をしていたのかもしれない。

「これください」

「え、あ、はい。ありがとうございます」

何に使うんだろう、この灰皿みたいの。ガラス製の花器《かき》のようにも見えるけれど、意外と重たい。値段は税込で五千円。安いんだか高いんだかも、よくわからない。

「包まなくていいから、領収書ちょうだい」

万札を出した彼が早口で言った。それにしてもこの人……イイ声してる。ずっと聞いていたくなるくらい、耳に心地いいトーンだ。この声に口説《くど》かれたら、すぐ堕《お》ちちゃいそう。って、何考えてるんだろ私。

レジ横に置いてあった領収書を見つけて、ボールペンを手にした。

「あの、お名前は何と入れましょうか？」

「はなおか」

「はなおか様……お花の花でよろしいですか？」

「そう。おかは岡山の岡」

「はい」

「下の名前は……」

そういえば、おじいちゃんに連絡入れる暇もなかったけど、普通に売っちゃって大丈夫だよね？

「ゆうじん。柚子《ゆず》の柚に、にんべんに漢数字の二で仁」

「は、はい。ゆず……って、ええと」

「きへん」

「あ、わかりました！　木を書いて……こうですよね」

花岡柚仁と書いて渡した。なかなか素敵な名前。どこかで聞いたことがあるような……芸能人に似た名前とか？

領収書を見つめる彼は、その場を動かなかった。

「あの？」

「……字が汚い」

「え」

「まぁいいや。じゃあ、杉田さんによろしく」

「あ……ありがとうございました」

字が汚いって、ショック。初対面でそういうこと言う？

彼が店を出て行ったのを確認してからひとりごちる。

「汚いかなぁ、そんなに」

そりゃあ綺麗とは言えないけどさ。あんな、じーっと見つめられるほど、ひどい字ではないと思うんだけど。

って、ちょっと待って。おじいちゃんが紹介してくれる書道家の先生、字が汚い人は雇わない、なんてことないよね。履歴書見た瞬間断られたらどうしよう。

しばらくして、おじいちゃんが戻ってきた。

「ただいま」

「お帰りなさい。お客さんきたよ」

「ああそうかい。……まさか売れたのか？」

「そのまさか。領収書はレジに入れておいたよ。値札はこれね。花器《かき》みたいのが売れたよ」

花器だよ、とおじいちゃんは笑いながら、ポケットから取り出したメモ用紙を私に差し出した。

「ほれ、先生の住所だ。大きくて古い家だからすぐわかる。行っといで」

「おじいちゃんは行かないの？」

「日鞠にしても先生にしても、もし気に入らなくて断ろうとした場合、おじいちゃんがいたら言い出しにくいだろうと思ってな。行くのやめたわ」

「まぁ、それはそうかもしれないけど」

「スマホで連絡入れておいたから大丈夫だ。すぐそこのご近所だよ」

「その人どんな人？　気難しい感じ？」

「そうだなぁ、少し変わっているが、いい人だから安心しなさい。何たっておじいちゃんが尊敬する人だしな」

おじいちゃんが何度も言う「尊敬する人」の言葉に緊張する。失礼のないようにしなければ。それに、これが新しい私への第一歩になるかもしれないんだ。気合入れていこう。


門を出てすぐの路地前で立ち止まり、メモを広げて名前と住所を確認した。

「ん？」

書道の先生の名前を見て引っかかる。花岡？　って何だっけ？

「あ！　さっきの領収書の人、確か花岡だった！」

まさかあの人が先生？　って、わけないか。先生はおじいちゃんと同じ歳くらいの人だろうから、お孫さんとか？　いやいや、そんな偶然はないでしょ。

住所検索をしたスマホを見ながら歩いて行く。何となくこの辺に見覚えがあるような気がした。そういえば小さい頃、私だけおじいちゃんちによくきてたんだ。

あれ、どうして私だけなんて思ったんだろう？　でも、琴美姉と幸香姉が一緒だった記憶がない。

「ここ、かな？」

低い生垣《いけがき》に囲まれた屋根瓦が立派な古い民家の前で、スマホの指示が終わった。素敵な門構えの向こうに家が見える。

「古くて大きいのは、ここしかないよね。周りは畑と普通のお家ばかりだし」

表札には確かに花岡と書いてある。うん、間違いない。

門の周りにインターホンはなかった。玄関まですぐだし、そっちについてるのかもしれない。

「お邪魔しまーす」

門の中に入る。梅の木や柿の木が植えられ、青々とした葉が涼しい木陰を作っていた。玄関の引き戸の脇に見つけたインターホンを鳴らす。

「……あれ」

誰も出てこない。耳を澄ましても、家の中から物音がしない。誰もいない？　おじいちゃんが連絡したと言っていたから、それはないと思うのだけど。

「すみませ〜ん！」

人の気配のない玄関前を離れ、家に沿って角を曲がる。すると、縁側のある広々とした庭が現れた。

「野菜ができてる」

つやつやと光る茄子《なす》に、細長い胡瓜《きゅうり》、弾けそうな赤いトマトなどの、夏野菜が植えられた小さな畑が庭の中にあった。

障子《しょうじ》も襖《ふすま》も開け放たれた縁側から声をかけてみる。

「すいませ〜ん！　杉田と申しますが〜！」

未だ反応なし。どうしよう、帰ろうか。でも、ちょっとだけどこかに出てる可能性も……。

とりあえず縁側に座って庭を眺めた。緑色のホオズキの前を、茶トラ模様の野良猫が当たり前のように横切って行く。

「こーんな無防備でいいのかね。泥棒入ったらどうするんだろ」

だから家政婦を雇うってことなのかな。

昨夜は実験として、実家の納戸《なんど》で無理やり寝たせいか体中が痛い。扇風機《せんぷうき》を借りても暑くて眠れなかった。

「ここ、風が通り抜けて涼しい……」

振り返って広い畳《たたみ》の部屋を見る。田舎《いなか》の古民家、って感じだ。縁側の板は古いけれどよく磨かれて黒く光り、美しかった。私はそれを手のひらでさすりながら、思わず横になる。見上げた空が、東京にいるときよりも、ずっと高く見えた。

「とんびだ……」

ぐるぐると飛び回るとんびの、ぴーひょろ、ぴーひょろという鳴き声が降ってくる。湘南のとんびって、人が食べてるものを攫《さら》っていくのが上手なんだよね。高校生の頃、稲村《いなむら》ヶ崎《さき》でハンバーガー獲られたことあったっけ。

垣根の向こう側を、子どもたちが騒ぎながら歩いている。ああ、小学生は夏休みに入ったのね。

瞼《まぶた》を閉じて夏の強い日差しを全身に感じる。蝉《せみ》が近くで鳴き始めていた。ここでも微《かす》かな潮《しお》の香りがする。風が、頬を撫でていく。この感じが何となく、懐かしい。本当、気持ち、いい、な……

「……おい」

ぼんやりした視界の中で、誰かが私を見下ろしている。せっかく気持ちよく眠ってたのに……誰？

「おいそこの、金太郎！」

「え……あ、はいっ！　き、金……？」

しまった、自分の家じゃなかったんだ！　慌てて飛び起き、縁側に立つ声の主を見上げる。

「不法侵入かよ。人んち勝手に上がって、ガーガー寝やがって」

「すみません！　あ……あなた、さっきの！」

下駄男《げたお》‼

「ああ。字の汚い女か」

「どっ、どうしてここに」

「自分の家にいて何が悪いんだよ」

花岡って、本当にこの人だったの⁉

「じゃあ、あなたやっぱり、書道の先生やってる人のお孫さん？」

「は？　俺がここで書道教えてるんだけど」

「え」

「杉田さんが紹介してくれる人って、もしかしてあんたのこと？」

花岡さんは私を胡散臭《うさんくさ》そうに見下ろしていた。多分私も、彼と同じ顔をしていると思う。

だって、嘘でしょ？　おじいちゃんが尊敬してるって言うから年配の人だと思ってたのに。この人が書道家？　店番だけじゃなくて、家政婦も頼みたいっていう……？

ようやくしっかりと目が覚めて、気づいた。

私が住み込みで働くことになったら、この人とここで一緒に暮らすってことになるの？

腕組みをして私を見ている花岡さんに恐る恐る声をかけた。

「あの」

「何」

「金太郎って何で、ですか？」

もっと他に聞くことあるでしょ、っていうのはわかってるんだけど、混乱しているらしい私の頭の中には、こんな言葉しか浮かばなかった。

「その頭」

彼が私の頭を指さした。ああ、髪形のことね。顔が引きつる。

「ショートボブって言ってください。大体あんなに前髪短くないですし、髪の色真っ黒じゃないですし」

「どうでもいいわ。名前は？」

ものすごい流し方に、かちんとしつつも答える。

「杉田……日鞠です」

「杉田さんの孫、ってことで間違いないんだな」

「はい」

縁側に座っていた私は、地面に足を下ろして立ち上がり、滅多に穿《は》かないスカートの裾《すそ》をさっと直した。一応面接的なものをすると思って穿いてきたんだよね。……寝ちゃったけど。

「で、うちで働きたいって？」

「はい、そうです。家政婦って、本当に住み込みなんでしょうか？」

おじいちゃんはどういうつもりで、ここに行けって言ったんだろう。この人、私と同年代な感じだよ？　せいぜい二、三歳上くらい。

「杉田さんがそう言ったんだ？　俺が住み込みの家政婦募集してるって」

「え？　はい、そうですけど、違うんですか？」

「……違わない」

そこでなぜか、彼は視線を外した。

「杉田さん、俺のことは何か言ってた？」

「おじいちゃんが尊敬する書道の先生だと言ってました。だからてっきり、おじいちゃんと同じくらいか、もっと年上の方かと……」

花岡さんは、うんうんと何度も頷き、満足げな声を出した。

「そうかそうか、尊敬か。まぁ、尊敬してるのは俺のほうなんだけどな。とにかく杉田さんの顔を潰すのは俺もごめんだ。靴脱いで上がれ。家の中、案内する」

「あ、はい」

すごい命令口調。こういうのを俺様っていうんだろうか。三次元で初めて出会ったよ。おじいちゃん曰《いわ》く変わってる人らしいし、書道家ってこういう人が多いのかな。

靴を脱いで縁側から上がる。今は全開にしているここは、よく見ると大きなサッシ窓がついていて開け閉めできるようになっていた。これが多分、広縁《ひろえん》と呼ばれるものだ。

襖《ふすま》の開いた二間続きの和室と、廊下の向こうにも同じような和室が二間。奥に行くほどひんやりとした空気になり、薄暗くなっていくのが日本家屋らしいと思った。どこからか漂《ただよ》ってきた蚊取り線香の匂いが、ふと鼻先を掠《かす》めた。

玄関に一番近い和室が書道教室で、隣には生徒さん用のトイレがある。玄関横の書道専門店は、想像していたよりも狭かった。

「書道教室は火、水、金、土の四時から八時。店も同じ曜日に開けてる。店に人は滅多にこないから、ほとんどがネット販売になりつつあるな。店番と、その間に在庫確認と受注、発送メールなんかもやってもらいたい」

家事をしながら店番。私にできるだろうか。

「寝泊まりする部屋は屋根裏な」

廊下にある階段の前に連れて行かれた。屋根裏……蜘蛛《くも》の巣が張ってて鼠《ねずみ》だらけだったらどうしよう……。いやいやいや、実家の狭くて暑い納戸《なんど》に比べれば天国、天国。

ぎしぎしと軋《きし》む急な階段を花岡さんについて上って行く。上がりきった先で、急に視界が広がった。

「え……！」

驚きのあまりその場で硬直し、次の瞬間大声を上げていた。

「ひ、広～～い‼」

そこは、屋根裏部屋なんて呼んだら申し訳ないくらいに立派な空間だった。立ち上がっても十分高さがある。床は半分が畳《たたみ》、半分が板張りだ。天井は黒い梁《はり》が剥《む》き出しで雰囲気がいい。

網戸のついた窓に、押入れ、備えつけの本棚と、その上部にエアコンまでついている。反対側は吹き抜けで、腰の高さくらいの壁があった。オシャレなロフトのようで何の問題もない。そこから見下ろすと、さっき見た奥の和室があった。

「冬場の昼寝に使ってただけで、汚れてはいないと思うけど」

押入れの中を確認する彼に、後ろから訊ねる。

「あの、すごく素敵で贅沢《ぜいたく》すぎるくらいなんですが、私が使ってもいいんですか？」

「ここしか貸せる部屋ないから、どうぞ」

さっきまでの不安が全部吹き飛んでしまった。これは、これはよすぎる……！

その後、昭和なレトロ感漂《ただよ》う台所を案内され、トイレ、洗面所、お風呂場を見せてもらった。お風呂は何と檜《ひのき》風呂……！　木の色具合が真新しい。

「いい香りですね」

「風呂場とトイレと洗面所はリフォームしたばかりだ」

「私が入ってもいいんでしょうか……？」

「いいから見せてるんだっての」

そりゃそうなんだろうけど、今日知り合ったばかりの赤の他人に、水場やお部屋を使われるのって嫌じゃないの？　まぁ、そんなんだったら最初から住み込み家政婦なんて頼まないよね。私にはお金どころか住む場所すらなくなる予定なんだから、ここは流れに身を任せよう。

お庭に面した端の部屋の前にくると、彼が言った。

「そこは俺の仕事部屋だから、絶対に入らないように」

「わかりました」

仕事部屋、ということは、そこで字を書いているのか。どんなふうになっているのか見てみたいけど、我慢だ。

屋根裏部屋の下の和室に戻り、大きな座卓の前に向かい合わせで座った。

「私の履歴書です」

差し出した封筒を受け取った花岡さんは、中から取り出した履歴書にざっと目を通した。

「働いて欲しいのは、書道教室を開ける、火、水、金、土。その日は朝七時には朝飯だから、その準備を。あと掃除とかの家事全般な。夜は書道教室が終わる八時までに夕飯の準備だけしておいてくれればいい。三時から六時は店番をして欲しい。午前十一時から二時までは昼休みだ。あとは、ご自由に」

ということは週四日の勤務で、日、月、木はお休みね。昼休みが意外と長くて驚きだ。

「で、やるの、やらないの」

花岡さんに問われた。

「三食ついてるんですよね？」

「自分で作ればね」

「お部屋は、あの屋根裏部屋を？　お休みの日に、そこにいてもいいんですか？」

「別に構わない」

「本当に、あの檜《ひのき》風呂へ入っていいんですか？」

「どうぞ」

「光熱費は……」

「こっちで出す」

魅力的！

「で、悪いんだけど給料は十五万までしか払えないから、不満があるなら今断ってくれ」

「ありません。やります！」

「即答だな」

私の返事に目を丸くした花岡さんは、確認するように言った。

「本来なら住み込みで、この給料じゃ全然少ないんだが、いいのか？」

「構いません。おじいちゃんから聞いていると思いますが、私……プロどころか家政婦の仕事は初めてなんです。だから逆に、そんな人間が入ってもいいんでしょうか？　もちろん一生懸命やるつもりではいますが」

「それ以上金は出せないから、かえって都合がいい。やることは俺がきっちり教え込む。このあと募集するのも面倒だから、このままきてくれると助かる」

きっちり教え込む、の言葉が少し引っかかったけれど、これだけの好条件はそうそうないはず。

あの広くて素敵な屋根裏部屋に、檜のお風呂。三食の食費が浮く上に、光熱費もタダ。昼間の休憩時間だって、かなり長い。年金とか保険とかスマホの通信費を引いても、十分貯金ができるだろう。当初の目的通り、半年で新居に移るくらいのお金が貯《た》められるかもしれない。

口はちょっと悪くても、花岡さんはいい人そうだ。イケメンだし、何たっておじいちゃんが尊敬する人だもんね。この若さで給料を十五万も払えるということは、その道ではかなり有名な人なのだろう。

ほとんど気持ちは固まりつつも、最後に一点、確認しておきたいことがあった。

「今さらですが、ここには何人で住んでいらっしゃるんでしょう」

「俺一人だ」

「あ、そうですよね」

改めて目の前にいる彼を見つめて考える。細身に見えて腕に筋肉ついてるし、男なんだから当然力では絶対敵《かな》わない。いくら広い家だからって、同じ屋根の下に暮らすのは……

「何だよ」

「えっと……」

「俺と二人きりだからって怖気《おじけ》づいたか？」

「ええ、まぁ」

「その点は心配しなくていいよ。俺は字の汚い女に興味ないから」

「！」

　そこね、そこに拘《こだわ》るのね。って、ショックを受けてる場合じゃない。逆にこれで吹っ切れたんだから、ありがたいと思わなくては……

「間に杉田のおじいちゃんが入ってるから、お互い悪いことはできないだろ。問題は発生しにくいと思うけど」

「それは、そうですね」

「あとで契約書作って渡す」

「ありがとうございます。……あの、花岡さん」

「柚仁でいい。花岡さんとか、気持ち悪い」

　彼がぼそっと呟《つぶや》いた。

「じゃあ柚仁さん」

「呼び捨てにしてくれ、頼むから」

　俺様なのに自分の名前は呼び捨ててくれなんて、やっぱり少し変わってる。

「でしたら私も日鞠でお願いします。雇われてるほうだけが呼び捨てにするなんて、おかしいですよね」

「……わかった」

　彼は履歴書に視線を置いてため息を吐《つ》いた。

「ひま」

「え」

三文字くらい、ちゃんと言おうよ。いくら何でも、ひまって。

「ひ・ま・り、です」

言い直した私の顔を、彼は睨《にら》んだ。それから咳払いをひとつして、私の名前を呼ぶ。

「日鞠」

「はい。ええと……柚、仁」

じっと見るから余計言いにくいんですけど。

「で、いいんですか？　ほんとに」

「ああ、そうしてくれ」

「歳はおいくつなんでしょうか」

「お前の二個上。二十七歳」

お前って……。いやいやいや、家政婦初心者の私を住まわせてくれた上、お給料もいただくんだから、ここはぐっとこらえよう。

最後に柚仁から、できるだけ早くきて欲しい、とありがたいことを言われ、私はよろしくお願いしますと挨拶《あいさつ》をした。帰り際にもらった名刺には「花岡柚仁」という名前の上に師範《しはん》、と印刷されていた。なんだかすごい。

ま、何とかなるでしょ、なーんて、琴美姉に聞かれたら叱られそうな言葉を小さく呟《つぶや》き、私は花岡家をあとにした。

＋＋＋

「もっと腰入れて進め！」

「う、はいっ」

腕に力を入れて、言われた通りに姿勢を直し、どたどたと廊下を進んで行く。Tシャツにショートパンツという恰好で、四つん這いになって雑巾《ぞうきん》がけなんて、小学校の掃除の時間以来なんですが。

「雑巾はもっと固く絞るんだよ、なってねぇな～」

「すみません……！」

「もう一度行ってこい！」

絞りなおした雑巾を床に置き、上から両手をついて四つん這いになる。こうなったらもう自棄《やけ》だ……！

「日鞠行きます‼　うぉー！」

勢いをつけて一気に進んだ。明日、筋肉痛確定だわ。

「やればできるじゃんか。その調子でいけー」

遠くから師匠の声が聞こえた。

「返事！」

「あ、あざっす！」

ここは一体何なの？　お寺なの？　私、修行の身なの？

面接から半月後の、昨日の午後。私は住み込み家政婦として、ここ花岡家へ入った。お一人様用月曜午後便パックというので、引っ越し代金は安く済んだ。その日の夕飯はコンビニで買ったものを一人で食べ、素敵な檜《ひのき》のお風呂を初体験。そしてこの家の主の柚仁とはたいして話もせずに、屋根裏部屋に布団を敷いて、私は夢の世界へ。疲れもあってか、緊張の欠片《かけら》もなく、ぐっすりと眠ってしまった。

目が覚めた今日は火曜日。早速朝から仕事が始まる。

七時に朝ごはんと言われていたので準備のために六時に起床すると、とっくに起きていたらしい彼は台所で腕組みをして私を待っていた。一通り台所の使い方を教わり、普段どんな朝ごはんを食べているのか聞かせてもらう。メニューは土鍋で炊《た》いたごはんにお味噌汁、納豆か焼き魚、そして漬物、という、完全和食だった。私はお鍋でよくごはんを炊いていたので、そこは大丈夫だけど、お味噌汁は自信がない。それでも、柚仁から指導を受けて何とか初日の朝食は完成した。

朝食後の掃除から、私は彼の言っていた「教え込む」の真の意味を知ることになる。

まずは玄関回り。三和土《たたき》は水を撒《ま》いてブラシで擦《こす》る。外も水を撒く。次に部屋中のはたきがけをし、三種類の箒《ほうき》を使い分けて掃き掃除だ。掃除機は週に一回。畳《たたみ》は固く絞った雑巾《ぞうきん》でさっと表面を拭く作業で、これは毎回しなくてもいい。

そしてようやく廊下と広縁《ひろえん》の雑巾がけまで辿り着いた。それが今。

これは冗談抜きで、痩せるかもしれない。掃除は書道教室がひらかれる週に四回、私が仕事の日だけとはいうものの相当きつい。柚仁は今までこれを全部一人でこなしていたというから、本気で驚きだ。

「よーし、もういいぞ」

「は、はひ……」

息切れしまくり、汗掻きまくり。あとでシャワーを浴びさせてもらおう。

「体力ねぇなあ。これからまだ風呂掃除とトイレ掃除があるんだぞ」

「……頑張ります」

「あ、洗濯忘れてたな。風呂掃除の前にやろう。お前のもあるなら一緒に洗うか？」

「いいんですか？」

「俺は大丈夫だけど、気になるなら別々でも」

「私もずっとコインランドリーだったので全然大丈夫です」

「あ、そ。そういうところは逞《たくま》しいね。とりあえずこれから、お前が掃除をやってくれるなら、その分俺は畑仕事に集中できるな」

顎《あご》に手を置いた柚仁は、口の端を上げてにやりと笑った。

水回りを綺麗に仕上げたところで十一時になった。何とかギリギリ洗濯も掃除も終わらせることができたので、心おきなく休憩に入れる。

シャワーを借りて汗を流してから台所へ行くと、お昼の用意をしている彼がいた。

「失礼しまーす。シャワーありがとうございましたー」

「んー」

アパートで使っていた小さめの冷蔵庫は台所に置かせてもらった。けれど電気代がもったいないと、柚仁が冷蔵庫を一緒に使わせてくれることになり、私のほうには電源を入れていない。電子レンジも同様だ。ここを出て行くときに必要だと思って捨てはしなかったけど、冷蔵庫って長い期間使わなくても平気なんだろうか。あとで調べてみよう。

ガス台の前に立つ彼は、鼻歌を歌いながら手際よく野菜を炒めていた。

今朝、台所の説明のときに、彼のおばあちゃんの形見の糠床《ぬかどこ》を見せてもらった。他にも、お味噌は甕《かめ》に入っていたし、お米は産地から直接取り寄せているんだとか。彼は……食べ物にも相当拘《こだわ》りが強いらしい。

何を作っているのか気にはなったけど、お互い自由時間なんだから詮索《せんさく》はしない。私はさっさと屋根裏部屋へ戻ろうと思った。

冷蔵庫で冷やしておいた大きいペットボトルの緑茶を、持ってきたグラスに注ぐ。

「お前、荷物少ないと思ってたけど、食器も少ないのな」

フライパンを揺らしながら柚仁が私に話しかける。

「はい。必要最低限のものだけにしてました」

「マグカップは手作りか？」

「陶芸を勉強中の友人にもらいました。お皿もお揃いなんです」

「へえ」

学生時代の友人には絵以外の創作をする子がたくさんいて、卒業後も交流を続けていた。といっても、今回私はお金がないことを理由にして、逃げるように東京からこっちへ引き揚げてきた。彼らのことを思い出すと、ちくりと胸が痛む。

きっと負け犬みたいに思われているんだろうな――

あれこれ気を遣われるのも疲れるし、これでよかったんだと思うことにする。

屋根裏部屋へ戻り、折り畳み式のテーブルにグラスを置いた。コンビニの袋からロールパンを取り出して口にする。昨日ここへくる前に買っておいてよかったとしみじみ思う。疲れちゃって、お昼を買いに外へ行く気力もない。

それにしても……琴美姉にこんなところを見られたら笑われそうだ。甘い考えでやろうとするからダメなんだ、とか何とか言われて。家事が意外と大仕事だということが、よくわかった。子どもがいたら、もっともっと大変なんだろう。今さらながら、琴美姉も幸香姉も偉いと思う。そりゃ、私のこと見てたら叱りたくもなるよね。

開けた窓から外を眺める。雲が出て、日が陰った。ここからだと海が少しだけ見える。

冷たい緑茶を飲み干して、ごろりと仰向けになり、天井を走るごつごつとした黒い梁《はり》を見つめた。

「ここ、あつー……」

これだけ忙しければ、余計なことを考える暇がなくていいのかもしれない。でも休みの日はどうしよう。ずっと前の私だったら迷わず絵を描く時間にあてていた。でも今は……

「勉強だよ、勉強！」

まずはどんな資格を取ろうか。先立つものがなくても、目標だけは決めておこう。スマホを取り出して検索を始めた。

窓から、さぁっと涼しい風が入った。濃い緑と土の匂いも一緒に運ばれてくる。スマホを手に寝転がっていた私は、いつの間にかうとうとしていたらしい。

「あ、雨⁉」

飛び起きて一階へ降り、広縁《ひろえん》からサンダルを履いて庭へ出た。降り始めたばかりで洗濯物に支障はないようだ。

「はぁ……間に合った」

昼休みの時間も、こうして気をつけていなくちゃダメだとは。

雲が厚くなったせいか部屋が薄暗くなり、やがて弱い雨は本降りへと変わった。洗濯物を畳みながら庭を眺める。

「野菜が嬉しそう」

青々とした葉の陰に揺れる野菜たちは、雨に濡れて皆心地よさそうだった。ぽたぽたと落ちる雫《しずく》を、乾いた土が美味《おい》しそうに飲み込んでいる。古い家だからなのか、屋根を叩く雨の音がとても近くに感じた。蝉《せみ》の声が止んでいる。

壁にかかる時計は二時を回っていた。

「もう昼休み終わりだったのね。目が覚めてよかった」

畳んだ洗濯物の自分の分を屋根裏部屋へ片づけに行くと、蒸し暑かったそこは雨のお陰ですっかり涼しくなっていた。

戻って柚仁の洗濯物をどうしようかと迷っていた私の耳に、廊下を踏む足音が聞こえる。正座をして顔を上げたタイミングで、彼が部屋に入ってきた。

「日鞠」

「あ……」

柚仁の姿を目にした途端、心臓がどきんと大きな音を立てた。

白いTシャツの上に藍色の作務衣《さむえ》を着込んでいる。仕事部屋で何か書いていたんだろうか。

「俺はこのあと、書道教室の準備がある。今日は初日だし、まだ店番はしなくていい。その代わり、夕飯作りに勤《いそ》しめ。朝教えたように、メシは土鍋炊《だ》きな」

「あ、はい」

「買い物は、この辺でしてきてくれ。これは食費の入った財布だ。お前に預けておく」

プリントアウトされた簡単な地図に、商店街のお店の名前が書き込まれていた。……綺麗な字。

「ありがとう、ございます」

それらを受け取ったあとも、彼にばかり目がいってしまって困った。だって、初めて見る作務衣姿がすごく似合っていたから。見とれていた私に気づいたらしく、柚仁が顔をしかめた。

「何だよ」

「いえ、別に……。書道家っぽいな～、って」

目を泳がせる私の顔を彼が覗き込んだ。すぐそばで目が合って頬が熱くなる。ちょ、ちょっと、近いって……！

「惚《ほ》れんなよ～？」

「ち、違います！　買い物行ってきます！」

「ああ。迷子になるなよ。玄関の傘持ってけ」

「はい」

預かったお財布と地図を手に、玄関へ走った。

下駄《げた》箱から靴を取り出し、三和土《たたき》に投げるように置く。少し汚れた白いスニーカーへ足を突っ込んだ。

「何なの、あれくらいのことで」

ときめくな、私……！

＋　＋　＋

初の休日は昼くらいまでゆっくり寝る予定のはずが、鳥の鳴き声が東京に比べて尋常じゃなく、ぱっちりと目が覚めてしまった。うるさいくらいに蝉《せみ》も元気に鳴いている。

「う～ん……涼しい～」

布団の上で伸びをする。窓から入る朝の空気が清々《すがすが》しくて気持ちいい。

この二日間、柚仁の指示通りに何とか家事をこなし、昨夜は店番のことも教わった。料理は……かなり適当に作ったので、もしや叱られるかもと心配したんだけど、彼はひとつも文句を言わずに完食してくれた。でもなかなか美味《おい》しいとは言ってくれないので、幸香姉から借りてきた料理本を熟読して、もっと研究しようと決意する。

「六時すぎか～。いいやもう、起きちゃおっと」

午後にお昼寝でもしよう。時間を確認したスマホをローテーブルに置き、私は布団を畳んだ。

Tシャツとデニムのショートパンツに穿《は》き替えて階下に下りる。物音はしない。そういえば、柚仁はどこで寝ているのだろう。起こしては悪いので廊下をそろそろと歩き、洗面所へ向かった。

「お散歩でもしようかな。まだ海見てないし」

歯を磨き、顔を洗って呟《つぶや》く。

「……うーす」

「きゃ！」

後ろから声をかけられ、思わず悲鳴を上げてしまった。

「あ、おはようございます」

「そんなに驚くことないだろ。休みなのに早いな」

「何か、目が覚めちゃって」

「鳥がうるさいからな」

Tシャツの袖が触れ合うくらいのすぐ横で、歯ブラシと歯磨き粉を手にした柚仁に、どきりとする。なぜかこの前の作務衣《さむえ》姿の彼を思い出し、また顔が熱くなった。あーもう何なの、これ。

「まぁいいや。俺、出かけるから」

柚仁の髪は寝癖がつきやすいのか、ぼさぼさだ。

「どこに行くんですか？」

「海まで散歩」

「私も行きたい！」

歯ブラシを咥《くわ》えた柚仁が、嫌そうな表情をした。

「……一緒に？」

「まだ海を見てないから行きたいな～と思ってたんですけど、道がわからなくて」

柚仁はガシガシと磨きながら、鏡越しに私の顔を見ている。見ているというか、睨《にら》んでいるというか。

「ダメなら別にいいんですけども」

「……」

何の返事もせずに、柚仁は口をすすいで、顔をバシャバシャと洗っている。返事を諦めかけたそのとき、タオルで顔を拭いた彼がぼそりと呟《つぶや》いた。

「すぐ出るからな。玄関で待ってろ」

「やった、ありがとうございます！」

朝が早くて人も少ないだろうから、一人でぶらぶらするのが実はちょっぴり怖かった。これで海までの近道もわかるし、一石二鳥だ。

急いで屋根裏部屋に上がり、押入れにしまっておいたビーチサンダルを取り出した。

「これこれ」

ビーサンで歩き回るのって、海のそばに住む人っぽいじゃん？　そう思って、引っ越し直前に近所で買った特売品だ。色がちょっと気に入らないけど、百円だったので贅沢《ぜいたく》は言わない。つばの広い麦わら帽子を頭にのせて、スマホをポケットに入れた。

玄関を一緒に出た柚仁はTシャツにハーフパンツ、そしてやっぱり下駄《げた》を履いていた。そこは外せないのね、拘《こだわ》りなのね。

花岡家の前にある路地を歩いて行く。この辺はどこまでも平坦な道が続いていて、自転車で移動するのもラクそうだ。

涼やかな空気に包まれた町は静かで、犬の散歩をする人やジョギングをしている人とたまにすれ違うくらいだった。ゆったりした住宅街の雰囲気が心地いい。

カラコロと下駄の音を鳴らして進む柚仁は早足だった。慣れもあるんだろうけど、ついて行くのが大変。というか……どうしよう。ビーサンが擦《す》れて足が痛くなってきた。

とりあえずは我慢して、その背中を追いかける。一度もこちらを振り向いたりしないところが彼らしいというか何というか。私のことは本当にどうでもいいんだろう、なんて卑屈な気持ちが湧いてくる。

「あ」

川沿いを曲がり、潮《しお》の香りを強く感じた瞬間……海が現れた。

「わぁ、綺麗！」

朝早くの夏の海は水色がかっていて、穏やかな白い波がきらきらと輝いていた。

横断歩道を渡って、砂浜に下りる階段の手前で立ち止まる。砂浜には犬の散歩をしている人たちが数人と、サーファーが何人か海に入る準備をしているだけだ。たくさん建設された海の家も静まり返っている。

海を見つめている柚仁へ質問をした。

「結構泳ぐんですか？」

「真夏の海には入らない」

「何でですか？」

「夏休みの湘南なんて地獄だぞ？　どこもかしこも人人人で、ろくに泳げやしない」

「まぁ、そうですよね」

この道路は鎌倉《かまくら》と江《え》の島《しま》に続いている海沿いの道だ。車で走ったら気持ちよさそうだけど、確かに人は多いかもしれない。

「夏休み直前の暑い日に少し入るくらいだな。海は見てるだけのほうが好きかもしれない」

「私もプールは入りますけど、海ではあまり泳がないです」

ふーん、と興味なさそうに返事をした彼と、しばらくの間海を眺めていた。

こんなに近くで波の音を聞くのって本当に久しぶりだ。時間の経過とともに、水色だった空と海の色が、青く青く染まっていった。

ぼんやりしていた私は、耳に届いた下駄《げた》の音にハッとした。

何も言わずに歩き出した柚仁に、慌ててついて行く。もう行くぞ、くらい言ってくれてもいいのに、何だかなぁ。

先ほどの信号に戻って渡り、歩道を進んで行く。逗子の海は湾になっていて、波がとても穏やかだ。しばらく歩いて海とは真逆の道へ曲がった。

それにしても足が……ビーサンにあたっている指の間と甲の痛みが限界に近くなって

いる。我慢できずに、ずりずりと足を引きずらせて歩くと、柚仁が私を振り向いた。

「俺は、そこの店でコーヒー飲んで帰るから」

「あ、そうなんですか」

「お前は？」

「私、お金持ってないんで帰ります」

「あそ」

「はい。それじゃあ失礼します。連れてきてくださってありがとうございました」

お辞儀をして、そそくさとその場を離れた。足を引きずっているのを見られたら、ますます嫌がられそうな気がする。自分からついて行きたいって言ったクセに、このざまだもん。道行く人も増えてきたし、もう怖くはないから、さっさと帰ろう。

本当は私もコーヒー飲みたかったな。というか、ここからどうやって帰ればいいんだろう。何となく、こっちだろうかという方角へ、のろのろと歩き出して、地図を見るためにポケットのスマホを探る。

突然、カラコロという音が後ろから聞こえた。振り返ると、彼が目の前にいる。

「ったく、しょうがねぇなぁ」

「あ、わ……ごめんなさいっ」

思わず謝った瞬間、手をぎゅっと掴まれた。

「給料から引いてやるから、一緒にこい」

「え」

手、つないじゃってるんですけど……。足が痛いのなんて一瞬で吹っ飛んでしまう。

ずんずんと歩く柚仁に引っ張られて、私はよろめきながらお店に入った。

「いらっしゃいませ～。あ、花岡先生」

「おはようございます」

「おはようございます。お好きなお席へどうぞ～」

どうやらここは柚仁の馴染みのお店らしい。窓の大きい明るい店内が素敵。ずいぶん朝早くからやってるんだ。コーヒーの香りにまじって焼き立てパンの匂いも漂《ただよ》っている。

海が見える窓際の席に着いた。

「座ってれば、少しはよくなるだろ」

「すみません」

私の足のことに気づいて、気を遣ってくれたの？　彼の意外な言葉に戸惑った。

「お待たせしました」

オーダー後、無言でいた私たちの前に、口の広いガラス瓶に入ったアイスコーヒーが運ばれてきた。最近、このスタイルを雑誌でよく見かける。とても美味《おい》しそう。

店員さんは、肌も髪も日焼けした、いかにも海の男って感じの人。サーフィンもやってそうだ。

「珍しいですね花岡先生。可愛い女の子と一緒とか」

からかうように笑いながら店員さんが言った。いえいえ、ただの家政婦なんです、と柚仁が答えるのを予想していたのに——

「可愛いってさ」

そう不機嫌な声で言われても、何て答えればいいのかわからない。家政婦だってことを知られるのが嫌なのだろうか。

「……はは」

苦笑いする私に、店員さんがにっこり笑った。真っ白い歯が眩《まぶ》しいです。

美味《おい》しいアイスコーヒーで満たされた私たちは、おしゃべりをするでもなくお店を出た。しかし……五十メートルも進まないうちに、また足が痛くなってきた。どうしよう。

「ゆ、柚仁」

声をかけた途端に、大きくため息を吐《つ》かれた。呆れられそうで怖いけど、言わなくては。

「先に帰っててください。私、マイペースで行きますんで。休ませてくれたのに、ごめんなさい」

彼に向かって頭を下げる。

「乗れ」

ところが、立ち止まった柚仁が私の前にしゃがんだ。

「え、え？」

「ちんたら歩かれると逆に恥ずかしいんだよ。いいから乗れ」

おんぶってこと⁉　そっちのほうが恥ずかしいんじゃ……⁉

「早くしろよ」

逆らえば余計に彼の機嫌が悪くなりそうで、お言葉に甘えて、私は彼の肩に掴まり体を寄せた。それを合図に柚仁が立ち上がる。おんぶって、こんなに体が密着したっけ……？

「やっすい、使い捨て目的みたいなビーサンなんか買うからダメなんだよ」

「ですよね」

叱られつつも別のことばかり気にしていた。

私はショートパンツだから、柚仁の手が直接太腿《ふともも》の裏に触れていて、今さらだけどすごく恥ずかしい。……重いだろうし。

リズミカルな下駄《げた》の音が体に響く。歩く速度は家を出たときと変わらないように感じた。

「下駄でこういうことできるって、すごいですね」

「お前にも買ってやろうか、下駄」

「え、えーとそれは、遠慮しときます」

私の返事を聞いた柚仁が、ふっと笑った。彼の柔らかな表情に、私の心臓がきゅっとなる。こんな顔、するんだ。

海に出るまで早足で追いかけていた背中が、今目の前にある。柚仁の肩にのせた私の手のひらに、Tシャツ越しの彼の熱い体温が伝わった。そっと顔を傾けると、彼の頬に汗が流れ落ちているのが見えた。

そのとき、何かが頭をよぎった。小さい頃に、こんなことがあったような――。おじいちゃんでもお父さんでもなく……歳の近いお兄ちゃんみたいな存在の人におぶられて。って、そんなことあるわけないか。私には姉が二人いるだけで従兄弟《いとこ》もいないんだから。


「遅いなぁ、どこまで行ったんだろう」

散歩から帰ったあと、葉山《はやま》に行くと言って柚仁が出かけてから数時間。時計の針は二時半になろうとしていた。今朝おんぶをさせてしまったお詫びとして、お昼ごはんを作って待っています、と出かける柚仁に玄関で伝えたんだけど……彼はなかなか戻ってこない。もうどこかで食べてしまったのだろうか。

和室のテーブルに置いた、土鍋で炊いたおこげごはんの塩むすび。ラップのかかったそれを見つめてため息を吐《つ》く。あとは肉じゃが、胡瓜《きゅうり》とミョウガの酢の物に、お味噌汁を台所に用意してある。お腹が減ったし、もう食べちゃおうか。

と、思ったそのとき、玄関の引き戸が開き、廊下を歩いてくる足音が近づいてきた。

座っていた体の向きを変えて彼を迎える。

「お帰りなさい」

「ん」

柚仁が袋を差し出した。

「？　何ですか」

「開けてみ」

彼は畳《たたみ》の上にどかっと座り、胡坐《あぐら》をかいて私を見た。袋の中身を取り出すと、そこには。

「あ、ビーチサンダル⁉」

色は淡い桜色で鼻緒が白のビーチサンダル。葉山にある有名なビーチサンダルのお店のものだ。

「可愛い色……！　桜貝みたい」

「お前が履いてたやつよりも、ずっと履きやすいはずだ。そっちの袋も開けてみ」

言われた通り、もうひとつあった紙袋を開ける。手に触れた柔らかなものを引き出した。

「か、可愛い〜！　これは、鹿？」

「犬だろ。犬飼ってる店のロゴだから」

首回りがグレーで、全体はエメラルドグリーンのタンクトップ。真ん中に、鹿に似た犬のロゴが入っていた。タンクトップだけどシルエットが女の子らしくて、とっても可愛い。

「家政婦の制服にな。着ろよ」

「こんなに可愛いの着て仕事できませんよ！　お出かけ用にします！」

「まぁ勝手にしろ」

ボトムはパンツでもスカートでも何でも合いそう。

柚仁は持っていたペットボトルの蓋《ふた》を開けて、スポーツドリンクをごくごくと飲んだ。外、今日はすごく暑かったはず。

「あの」

「ん？」

「これを買うために葉山へ行ってたんですか？」

「俺も欲しいのがあったんだ。お前のはついでだ、ついで」

「お金はコーヒー代と一緒に、お給料から引いておいてくださいね」

「いいよ。それはやる」

「……え」

「コーヒー代はもらうから、それでいいだろ。その代わり、しっかり働け」

ぶっきらぼうに言い放つ彼の言葉が、とてつもなく優しく感じるのはなぜ……？　胸に何かが込み上げ、なかなか言葉が出てこなかった。

「どうした？」

「あ、ありがとうございます……！　大切に着ます。ビーチサンダルも大事に履きます」

「おう」

どうしちゃったんだろ、私。

これを着て桜貝色のビーチサンダルを履いて……柚仁と一緒にどこかへ出かけたい。

そんなことを思うなんて。

＋　＋　＋

花岡家へきて二週間が経った月曜日の朝。最近は日ごとに暑さが厳しくなり、寝苦しい夜が続いていた。

顔を洗って、窓の開いた縁側へ行く。麦わら帽子を被った柚仁が庭の小さな畑にいた。

「おはようございます。早いですね」

サンダルを履いて庭に出る。

「日が高くなると暑いからな。今の内に収穫」

「これ、もう採っちゃうんですか？　まだ青いのに」

「翡翠茄子《ひすいなす》って言って、紫にはならないんだよ。普通の茄子は最初から紫色だ」

「へぇ」

綺麗な色。お漬物にしたら美味《おい》しそうだ。

「日鞠、帽子被ってこいよ。収穫するの手伝ってくれ。杉田さんにもお裾分《すそわ》けしたいからさ」

「ほんとに？　おじいちゃん喜びます」

「杉田さんにはお世話になってるからな。時々差し入れしてるんだ」

「そうだったんですか。ありがとうございます」

屋根裏部屋に戻って麦わら帽子を被る。階段を下りて廊下を歩こうとした瞬間、ふらりと軽い眩暈《めまい》が起きた。

「寝不足かな～。あとで昼寝しよ」

再び庭に出て柚仁に軍手と鋏《はさみ》を借り、彼の横にしゃがんだ。大きな胡瓜《きゅうり》が何本もぶら下がっている。黄色いお花が残ってて可愛い。スーパーに売っているのと違って不恰好だけど、新鮮で美味《おい》しいんだろうな。柚仁は鋏を持って、茎から胡瓜をさくさくと切り離している。

私も胡瓜に触りたくて大きな葉を捲《めく》ると、そこに何かがいた。何かが……！

「ぎゃー！」

「何だよ⁉」

「へ、変な虫が……！」

「軍手してんだから大丈夫だろ。つまんで畑から出しとけ」

つまんでったって……。何の幼虫だろう、これ。芋虫ちゃん、ちょっと触りますよ〜。……太ってるなぁ。きっと蝶だね。そうだよ、綺麗な蝶に変わる芋虫なんだよ。よく見れば可愛いような気がしなくもないような。

「あ、それ蛾《が》の幼虫だな」

「ひい！」

柚仁の言葉を全部聞く前に遠くへ投げてしまった。ご、ごめん！　でも蛾は無理！

「ひでぇな、お前は。害虫だからいいけど」

「蛾、はちょっと。蝶は平気なんですけど」

「どっちも変わらないだろ」

「変わりますよ！　飛び方とか見た目とか」

「ほれ」

「？」

柚仁が差し出した生物と、至近距離で目が合ってしまった。

「きゃあああ‼　ト、トトト、トカゲッ‼」

飛び上がるようにして立ち上がり、あとずさった。顔にくっついたらどうしてくれる……！

「ははっ！　どこまで行くんだよ～」

あ、笑った。ここにきて初めて、彼が大きな声を出して笑ったのを見た。おんぶしてくれたときも思ったけど、笑ってるほうが……ずっと素敵なのに。

「トカゲもダメなのかよ」

「は、爬虫類《はちゅうるい》は、ちょっと」

「そっか。ま、早く戻れ。トマトもがせてやるから」

柚仁は私がいる場所とは反対方向に、ぽいっとトカゲを投げた。

畑へ戻って指示に従い、真っ赤なトマトにそっと手をあてる。張りがあって、つるりとしたトマトが本当に美味《おい》しそうだ。

「こうやるんだよ」

「ここを押さえるんですか?」

彼のやり方を見ながら、私もトマトもぎに挑戦した。トマトを支えているのとは反対の手で、ヘタの部分を押さえる。

「そう、その節みたいなとこな。そんで、こっちの親指で押す」

「こう?」

「あー全然違う。野菜を傷つけないように優しくしろ」

「はい」

慎重に、慎重に。力を入れすぎないように。

「あ!　できました!　できたできた!」

力を入れなくても、簡単にトマトをもぐことができた。

手にのせた重みに自然と笑みが零れてしまう。柚仁にトマトを見せようと振り返ると、すぐそばに彼の顔があった。柚仁はなぜか帽子を取り、真面目な表情で私を見つめている。

え?　何?　何も言わない彼の言葉を待って、そのまま見つめ合っていると、急にその顔が近づいた。

「！」

避ける間もなく唇を軽く重ねられた。え、ちょっと、え、え……!?

じーじーと鳴いていた蟬《せみ》の声が、しゃわしゃわという鳴き声に変わっている。

すぐに離れた柚仁に向けて、何とか言葉を吐き出した。

「な、なんで……」

混乱してる。持っていたトマトが手から零れ、土の上にぽとんと落ちた。

「わかんね。何でだろな？」

こっちが聞いてるんですけど！

「犬とか猫にするのと同じだな」

照れるでもなく、赤くなるでもない柚仁が立ち上がってぼそっと言った。

突然すぎる出来事に言葉が出ない。

「それ、そこの籠《かご》に入れて両隣と前の家に配っといて。あと、こっちは杉田さんちな」

「……はい」

意味わかんないよ。どういうこと？　犬とか猫ってペット扱い？　私の反応見て楽しんでるだけ？

ドキドキが止まらない。何か、顔が熱い。体も……頭がくらくらする。キスなんて久しぶりすぎて、だから、のぼせちゃっ、た……

「日鞠？　おい……！」

　あー……空が、綺麗。

「軽い熱中症だね。スポーツドリンクを口から飲めるし、ここでゆっくり休んでいれば大丈夫だ。花岡先生の応急処置がよかったね。夜はエアコンつけて寝てるかい？」

「……いえ」

　おじいちゃんと同じくらいの歳のお医者さんが優しい声で、布団に横たわっている私に質問する。

「この家は涼しいほうだけど、暑いときは無理しちゃダメだよ。よく眠れていないんだろう」

「……」

　はい、その通りです。東京にいた頃はいくら暑くても、こんなことはなかった。

「体力が落ちていると熱中症にかかりやすいんだよ。普段から睡眠と栄養と水分をしっかり摂《と》ること。疲れすぎないようにね」

「はい」

「つらかったら病院で点滴するけど、どう？　筋肉痛とかあるかい？」

「どこも何ともないです」

ふらっとしたのは一瞬で、意識はすぐに戻っていた。それでも何かあったら大変だと、柚仁が近所の病院へ電話をしてその場で対処法を聞き、応急処置をしてくれたのだ。柚仁とは懇意のお医者さんらしく、電話後に家へ駆けつけてくれた。

「花岡先生、また何かあったら連絡くださいよ」

「ありがとうございました。お忙しいのに申し訳ありません。助かりました」

「いえいえ。困ったときはお互い様だ」

立ち上がった先生に向けて、私は横になったまま会釈《えしゃく》をした。

「ありがとうございました」

寝てなさいよ、と笑った先生は柚仁と話をしながら和室を出て行った。天井を見つめて、静かなエアコンの音を聞く。情けないなぁ、雇われている身で迷惑かけて。

先生を見送って戻ってきた柚仁が私のそばに座った。

「お前のとこ、暑いよな。今夜から絶対にエアコンつけろよ?」

「すみません」

「どうせ電気代がかかるとか、いらない遠慮してたんだろ。本当は畑に出る前も疲れてたんじゃないのか。……気づかなかった俺も悪いけど」

すっかり忘れてしまったような口調に少しだけ腹が立って、呟《つぶや》いた。

「のぼせたんです。……あんなことするから」

タオルケットの端を持って柚仁の顔を見つめる。

「あんなことってなんだよ」

「……キス」

恥ずかしくなって口を引き結ぶと、難しい表情をした彼が再び立ち上がった。

「それは……悪かったよ。もうしない、ごめん」

「……」

「今日は一日寝てろよな。メシは俺が作るから」

「ありがとう、ございます」

自分からキスしておいて、何でそんな複雑そうな顔をするわけ？　こっちはどう悩んでいいかもわからないくらいなのに……


寝てろと言われても、そんなに長くは眠れない。目が覚めて横を向くと、なぜか同じ部屋の畳《たたみ》の上で、柚仁が昼寝をしている。彼は、おじいちゃんの骨董屋《こっとうや》にありそうな籐《とう》製の枕に頭をのせていた。

布団から静かに起き上がって、すやすや眠る柚仁のそばに正座をする。背中を丸めて、彼の寝顔を見つめた。平和な顔しちゃってさ。

この前訪れたカフェや、さっきのお医者さん、そしてうちのおじいちゃん。皆、柚仁の顔見知りで、彼のことを先生と呼んでいる。私は、この人のこと何も知らない。いつからここに住んでいるのか、どうして一人なのか、家族はどこに住んでいるのか……

吸い込まれるように、彼の唇にほんの軽く触れるくらいのキスをしてしまった。乾いたその感触は、さっきと少しだけ違う。

「……」

あーなんか、わかる。犬とか猫にするみたいな感覚ね……って、わかるわけあるかーー!! 自分からキスしといてなんだけど、私には柚仁のキスの意味は結局理解できなかった。私はただの家政婦で、柚仁は雇い主のはず。なのにキスなんかして、どうする気なのよ!?

ため息を吐《つ》いて布団へ戻り、横になってお腹にタオルケットをかけた。

どうするもこうするも、気にせず働くしかない。ここを追い出されたら私は行くとこないんだし。間違って彼のことを好きになったりでもしたら、それこそ……働きづらくなる。

目を瞑《つむ》って、降るような蝉《せみ》の声を聞く。蚊取り線香の匂い。軽トラックの走り去る音。誰かが外の通りで花火大会の話をしている。海の上にあがるのかな、花火……

向日葵《ひまわり》が、たくさん咲いている。暑くて本当は被りたくない帽子。おじいちゃんが絶対ダメだ、って言うから仕方なく頭にのせている。顎《あご》のゴムが伸びてて好きじゃない。でも早く行かないと、お外で待ってるゆうちゃんに、また、叱られちゃう。

——ゆうちゃん、待ってよ。速いよ、ゆうちゃん！

——ひまは遅いな。置いてくぞ。

——やだやだ、待ってってば、待って。

いつも歩くの速いんだ。待ってと言っても全然聞いてくれない。喉が渇いた。お家に帰ったら炭酸入りのジュースを飲もう。

ひま、って誰かが私の耳元で呼んだ。ひま？　ひまりだよって答えたいのに声が出ない。優しくてイイ声。このまま甘えてしまいたいような、大人の、男の人の、声……

ずるずると何かを啜《すす》る音がして目が覚めた。

起き上がると、さっき柚仁が寝ていた場所に小さな座卓が出ていて、彼がおそうめんを啜っている。私はいつの間にか眠っていたようだ。

おつゆの香りに反応したお腹が、ぐううと鳴る。

「腹減ったのか」

「そうみたい」

「食えよ。お前の分もあるから」

お椀に入った私の分のおつゆ。小皿の上には刻んだ青ネギと、すりおろした生姜《しょうが》が添えてある。

「いただきます」

何だか懐かしい夢を見たような気がする。

「……美味《おい》しい」

「食えるなら、もう大丈夫だな」

「ご心配おかけしました」

「いーえ」

塩を振ったトマトが瑞々《みずみず》しくて美味しかった。さっき畑でもいだトマトだろう。無言で食べ続けている私に柚仁が言った。

「俺は、字の汚い女に興味はない」

「あ、はい」

わざわざ繰り返さなくてもわかってるのに。お味噌をのせた胡瓜《きゅうり》をかじる。爽《さわ》やかな味は柚子《ゆず》味噌のようだった。お箸《はし》を置いた柚仁が私の顔を見た。

「でも、お前には興味あるみたいだ」

「……」

「……」

「……え？」

「遅い。どんだけ、間ー空けてんだ」

麦茶を飲んだ柚仁が不機嫌そうな声を出した。興味があるって、どういうこと？　女として興味あるってこと？

「だって、どうして」

「俺にも何でか、よくわかんないけど」

「はぁ」

「残すなよ？　もったいないからな」

キスしたことといい、わからないとばかり言われても、こっちだって困惑する。

「胡瓜《きゅうり》もトマトも味が濃くて、美味《おい》しいです」

「俺が丹精込めて育てたからな。さっきもいだトマトは、あとで俺が杉田さんに届けに行くから」

「よろしくお願いします」

――お前には興味あるみたいだ。

柚仁の言葉を思い出した途端、ぶわーっと顔が熱くなった。

この人、とんでもないこと言ったんじゃ……？　の割には顔色ひとつ変えずに、おそうめん啜《すす》ってる。

数本入っていたピンクの麺をお箸でつまんで、つゆに浸《つ》けた。つるりと吸い込み、お出汁《だし》の味を楽しむ。

私だって……あなたに興味ありありありなんですけど。

＋　＋　＋

「こんばんはー」

「こんばんは」

花岡家の玄関横にある、書道専門店。このお店は、玄関横の壁に受付のガラス戸が設置されており、学校の事務所みたいに中の様子が見えた。生徒さんたちは、店番をしている私にガラス戸越しに挨拶《あいさつ》をしてくる。私も失礼があってはいけないと、愛想よく挨拶を返していた。

生徒さん以外のお客さんには、今のところ遭遇していない。お店の中を掃除して、パソコンで注文メールをチェックして、合間にネットを見たりして過ごしていた。

私がここにくる前は、教室がない日にお店を開けて、教室のある日は閉めていたという。でも、教室にきた人が必要な品を買うことが多いので、柚仁が指導をしている間の店番を探していたようだった。

四時から六時までは児童の部で、生徒は小学生や中学生。六時から八時までは大人の部だ。結構な人数が出入りしている。

「こんばんは」

「こんばん、は」

会釈《えしゃく》をしたその人に、思わず見とれてしまった。線が細くて綺麗な女の人……

「どうも、こんばんは～！　夕方だっていうのに暑いですねぇ」

「あ、こんばんは」

主婦の遠藤《えんどう》さんが笑いながら私に挨拶《あいさつ》をしたあと、その綺麗な人に声をかけた。

「あらっ、五月女《さおとめ》さんじゃないの。久しぶりねえ」

「お久しぶりです」

「辞めちゃったかと思ったわよ～、どうしてたの？」

体格のよい遠藤さんはミニタオルで額《ひたい》の汗を拭き、扇子《せんす》で顔を扇《あお》いでいる。

「仕事が忙しくて、なかなかこられなかったんです」

「そうだったの。あなたがお休みの間、花岡先生寂しそうだったわよ～！」

「え……」

「赤くなっちゃって～。若い人は羨《うらや》ましいわねえ、うふふ」

そういうんじゃないです、と五月女さんという女性が恥ずかしそうに俯《うつむ》いた。ふわふわとした長い髪が揺れている。

私の店番は六時まで。五月女さんと遠藤さんが教室の部屋へ行く足音を聞きながら、パソコンを閉じた。お店の戸締りをして電気を消す。ごはんの準備、しないと。

「花岡先生寂しそうだった……だって」

引っかかった言葉を意味もなく小さな声で呟《つぶや》いた。早く台所に行かなくちゃならないのに、足が動かない。

「……」

気になる。さっきの綺麗な人が、どーしても気になる。

忍び足で廊下を進み、書道教室の部屋に近づいた。入り口は引き戸で上半分がガラス張りのため、廊下からも中の様子が窺《うかが》える。

柚仁の座る机は一番奥の壁際のはずなのに、そこに彼はいなかった。広い和室に並んだ平机の前に、生徒がぱらぱらと離れて座っている。その中に作務衣《さむえ》の後ろ姿を見つけた。

彼はかがんで、誰かに筆の持ち方を教えている。ちょっと待って。あ、あんなにくっつくものなの⁉　教え終わって一歩離れた柚仁の顔を見上げたのは、さっきの五月女さんだった。ここからでもわかる、嬉しそうな彼女の横顔。

柚仁も、穏やかな笑顔で彼女に応えていた。私にはいつも不機嫌そうな顔しか見せないクセに。

先生が生徒に優しくするのは当たり前かもしれないけど……何、このイライラは。

私はその場をそっと離れて、台所へ向かった。

仕事が忙しくてこられないって言ってたからOLさんかな。ゆるふわのツヤツヤで明るい色の髪。ブラウスにスカートでくるなんて、もしも墨汁《ぼくじゅう》垂《た》らしたらどうするんだろ。

「あ、間違えた！」

トンカツにしようと思ってたのに、無意識のうちに私はお肉をひと口大にカットしていた。

「……酢豚に変更しよ」

余計なこと考えすぎだ。与えられた仕事はきっちりこなさないと、柚仁に使えない奴だと思われてしまう。そうしたら、その先に待つのは最悪クビだよ、クビ。

どうにか酢豚を作り終えると時計は八時十五分を回っている。焦《あせ》ったせいか余計に手順が進まなくて、いつもより時間がかかってしまった。

食卓に、お箸《はし》やおかずを並べて思い出す。

「お漬物切るの忘れてた」

茄子《なす》のぬか漬けを出すように言われてたんだ。台所へ戻り、ぬか床から茄子を取り出して水で洗う。頭にチラチラと浮かぶのは、またもや五月女さんのこと。

長い睫《まつげ》に大きな目が綺麗だった。彼女が玄関に入ってきた途端、辺りがいい香りに満たされた。何の香水だったんだろう。

それに対して私……金太郎かなぁ。最近メイクも軽くしかしてないし、貧乏ゆえに新しい洋服も買えていない。

お漬物を切るはずの包丁がすうっと指先に入った。ぱくりと割れた皮膚から鮮血が流れる。

「い……っ！」

「あーもう、ツイてない！　い、たた」

絆創膏《ばんそうこう》どこだっけ。水を出して血を洗い流していると、作務衣《さむえ》姿の柚仁がやってきた。

「お疲れ様です」

「どうしたんだよ」

ぬか漬けを途中で切りっぱなしのまま放置してる私を見て、彼が眉をひそめた。

「ちょっと包丁でやっちゃって。すみません、絆創膏があれば、いただきたいんですが」

「待ってろ」

柚仁は、すぐに戻ってきてくれた。

「これで拭け」

「はい」

渡された清潔なガーゼで手の水分を拭《ぬぐ》う。血が滲《にじ》んでガーゼにどんどん染みていく。

「自分じゃやりにくいだろ、貼ってやる」

「大丈夫です」

「いいから手、出せ」

「……じゃあ、お願いします」

頷いた柚仁が私の後ろに回り込む。えっと、なぜに後ろから……？

疑問に思いながらも、柚仁に任せた。彼の着ている作務衣《さむえ》の袖が私を包み込む。骨張った大きな手。指が長くて綺麗だ。後ろから迫る彼の匂いに胸を締めつけられた。

五月女さん、もしかして柚仁のこと好きなんじゃないかな。遠藤さんの言葉に顔を赤くしたり、柚仁を見つめたりする表情なんて、恋する乙女そのものだった気がする。柚仁は？　五月女さんがこなくて寂しそうだったって本当……？　そんなことをぐるぐる考えていた、そのとき。

「ん、む！」

な、何、何⁉

絆創膏《ばんそうこう》を貼り終わったと同時に、後ろからぎゅうっと抱きしめられた。彼の右腕が顔の前にきて口を塞ぎ、左手が体に巻きついている。胸は触られてないけど、お腹と腰がしっかり押さえられてる……！　後ろからぴったり体をつける柚仁の腕の中でもがいた。

「や、んっ、んんーっ！」

ますます強くなる力に抗《あらが》い、首を横に振る。彼の腕に包まれている自分の状況を想像して、一気に頬が上気した。

「ぷは、ちょっ、苦し、柚仁……！」

顔だけ彼の腕から出して、深く呼吸をすると、横からこつんと頭をくっつけられた。

柚仁の息が耳にかかる。

「……日鞠」

「ふぁっ⁉」

お、襲われるううう‼　パニくりながらも、ふと気づいた。この耳元で囁《ささや》くイイ声、どこかで聞いたばかりのような……

体に甘い感覚が訪れそうになった瞬間、彼の腕の力が緩まり、拘束が解かれた。深呼吸をして勢いよく彼を振り向く。

「ど、どうしちゃったんですか、急に……！」

「何か、いい匂いしたから」

目を逸らす彼を下から睨《にら》んだ。

「い、いい匂いって、動物じゃないんですから」

「エロい声出すお前も悪い」

「出してません！　苦しかっただけ！」

「約束通り、キスしてないんだからいいだろ」

「！」

拗《す》ねたように呟《つぶや》く彼に言葉を失った。それはそうだけど、それはそうだけど……!?

「あーあ、腹減った。お前も夕飯これからだろ？」

「え、はい、そうですけども……」

「早く食おうぜ」

……こっちが食われるかと思った。

慌てる私をよそに冷蔵庫からビールを出した彼は、鼻歌を唄いながら台所を去った。

どうしてそうコロッと変われるの？　草食系からの肉食系に見せての天然系なの？

それにしてもヤバい。これはヤバい。相当ヤバい。

何がヤバいって「柚仁なら、いい」なんて、思ってしまいそうな自分がいることだ。

働き始めてまだ一か月も経っていない。お給料だって手に入っていない今、おかしなことになるのは非常にまずい気がする。とにかく冷静に、何でもないって顔していよう。

動揺のあまり、私はそれまで考えていた五月女さんのことをすっかり忘れていた。

普通に食事をして、指の傷が痛むだろうからと柚仁があと片づけをしてくれてる間に、お風呂へ入った。その後、屋根裏部屋でドキドキしながら布団に横になる。当然、柚仁に襲われることなどなかった。

キスしないということは、それ以上のことも有り得ないはず。そんなの当たり前だ。来週からお盆休みで、書道教室もお休みになる。二人きりだということを意識しすぎないために、私は自分にそう言い聞かせていた。

翌朝、畑にいた柚仁に、ビニール袋を差し出された。

「杉田さんに持って行け。できすぎた」

「わぁ、立派〜」

中を覗くと、濃い緑色の大きなゴーヤが、ごろごろ入っている。

彼の手から重みのある袋を受け取りながら、昨夜その手に抱きしめられたことを思い出した。途端に、彼の顔をまともに見ることができなくなる。

「おじいちゃん早起きなので、今届けてきます」

「そうか。お前、朝メシは？」

「コンビニで買って、おじいちゃんちで食べますので」

「あそ」

——本当は柚仁と一緒にごはん食べたいけど。

柚仁は、私がここで朝食を食べないと言っても、顔色ひとつ変えない。彼にとってはそれくらい、何でもないことなんだろう。

ゴーヤの入ったビニール袋を手に提げて、花岡家を出た。朝の七時をすぎたばかりだというのに、既に日差しが強く、暑い。私は木陰を選びながら路地を歩いた。この辺りは家と家の間の道が広々としていて、風が路地を通り抜けていくのが気持ちよかった。

コンビニを左に曲がり、百日紅《さるすべり》の咲く家を通りすぎて二軒目の門を開ける。おじいちゃんは植木に水やりをしていた。

「おはよ～」

「おう、日鞠かい。朝からどうした？」

振り返ったおじいちゃんの笑顔にホッとする。私……柚仁とのことで、気づかないうちに緊張していたみたい。

「今日はゴーヤだよ」

「いつも悪ぃね。花岡先生によろしく言ってくれ」

「今コンビニ寄って朝ごはん買っちゃったの。仕事は休みだから、おじいちゃんちで食べてもいい？」

「ああ、いいよ。あがんな、あがんな。おじいちゃんもこれから朝ごはんなんだ。一緒に食べよう」

水を止めたおじいちゃんが、玄関のドアを開けてくれた。

「お邪魔しま～す。ん？」

三和土《たたき》に女性モノの靴がある。これは、もしや……

居間のほうから玄関にやってきた女性に挨拶《あいさつ》をする。

「あ、初めまして。孫の日鞠です」

「まぁ、あなたが日鞠さん！　斉藤美佐《さいとうみさ》と申します。初めまして。お邪魔しております」

正確には同棲じゃなくて半同棲だと、おじいちゃんが言っていた。ということは昨夜から泊まっていたのか、今きたばかりなのか判断が難しい。私がいても大丈夫なのか心配になる。

私の後ろにいたおじいちゃんに、小声で問いかけた。

「おじいちゃん。私、お邪魔じゃない？」

「そんなことないよ。なぁ？　美佐さん」

笑ったおじいちゃんに、斉藤さんが申し訳ないといった表情をした。

「お邪魔しているのは私ですもの。私のほうこそ、ご一緒しても大丈夫？」

「もちろんです。ぜひぜひ」

優しそうな人でよかった。おじいちゃん、素敵な人と一緒にいるんだね。

台所のダイニングテーブルに皆で着席する。斉藤さんが、私の分までお味噌汁を用意してくれた。

「はぁ……、すごく美味《おい》しいです」

ワカメとネギのお味噌汁を啜《すす》って、ホッと息を吐く。

「ありがとう、嬉しい」

斉藤さんの柔らかな笑みにつられて、私も笑顔になる。それにしても、人が作ってくれた食事って、どうしてこんなにも美味しくて、ありがたいんだろう。

熱いお茶の湯呑《ゆのみ》を手にしたおじいちゃんが、私を見た。

「日鞠、花岡先生のところはどうだい？」

「うん。やっと仕事覚えてきたところだよ」

最初の頃に比べて叱られる頻度は減った、と思いたい。

「いい男だろ、花岡先生」

「え、うん」

「花岡先生のお教室、とても評判がいいって聞きましたよ」

麦茶のおかわりを入れてくれた斉藤さんが、私に微笑んだ。

「そうなんですか？」

「丁寧で優しいんですって。先生に習った方は上達が早いとか」

「……へぇ」

昨夜、書道教室をこっそり覗いたことを思い出す。五月女さんに穏やかな笑顔を見せていた柚仁は、確かに優しそうだった。

「ねえ、おじいちゃん。ゆう……花岡先生とはいつから仲良しなの？　どういうきっかけで仲良しになったの？」

「お前、花岡先生から何も聞いてないのかい？」

「うん、聞いてない」

「そうか」

頷いたおじいちゃんは熱いお茶を啜った。

「日鞠、公民館には行ってみたか？」

「公民館？　行ってないけど、何で？」

「作品展をやってるんだよ。花岡先生のところだけでなくてな、他の書道教室の生徒さんの作品も貼り出されてる。お盆いっぱいは展示されていたと思うから、あとで見に行ってごらん」

柚仁が教えている生徒さんの作品……。店番をしているんだし、見ておいたほうがいいのかもしれない。

「花岡先生のことが少しはわかるかもしれんよ。それ以上知りたかったら、先生に直接聞いてみるんだな」

「……うん」

柚仁のこと、知りたいんだろうか、私。

食事を終えた私は、おじいちゃんに自転車を借りて公民館へ向かった。

十分ほどで着いた公民館は日曜日だからか、結構人がいる。広い室内の壁に貼られた作品を、ひとつひとつ順番に眺めていった。

幼稚園生、小学生、中学生……皆、上手に書いていて圧倒される。私なんて足元にも及ばない、力強くて丁寧で美しい字。日本語っていいな、と思わされる作品ばかりだった。

「花岡教室」の生徒さんたちの作品も見つけた。他の教室に比べて、とても人数が多い。美佐さんの言う通り、柚仁の教室は人気らしい。

生徒さんの展示が終わり、各教室の講師の展示コーナーに入った。どれも素晴らしく上手で、達筆すぎて何が書いてあるかわからない。こうなるともう芸術の域だ。

順番に流すように見て、ふと大きな一文字の書の前で足が止まった。

「風……？」

読みにくいけれど多分「風」という字だ。

真っ直ぐ心に吹いてくるような、大らかで個性的で堂々としていて、それでいて繊細な文字。そして何より、その墨《すみ》の色に心を奪われた。

つやのある深い深い墨色。どうやってこの色を出しているんだろう。他の人とは全然違う。

水彩画を描いていた自分にとって、それは衝撃的な出会いだった。

圧倒されたまま、私は書の下にある小さな貼り紙に近づき……ため息を漏《も》らした。

――「凪」　花岡　柚仁

……やられた。

私の心を掴んだ文字が、彼の作品だったなんて。

柚仁の書に見とれていた私のそばに、二組の親子連れがやってきた。

「花岡先生の字じゃない？　あれ」

思わず離れて別の講師の書の前に行き、麦わら帽子を深く被った。

「先生の字なの？」

「ねえママ。何て書いてあるの？」

「凪、ね。これは」

四人は柚仁の書を見上げた。女の子二人が顔を見合わせて笑う。

女の子たちは、はしゃぎながらその場を離れ、お母さん二人は柚仁の書の前に残っていた。

「こら、騒がないの」

「え〜、読めな〜い」

「風だって！」

「大きな声じゃ言えないけど群を抜いてるわよね、花岡先生」

「そりゃあそうよ。あの花岡篠仁《はなおかとうじん》先生のお孫さんだもの。ＤＮＡよ」

「でも篠仁先生ほど華やかな場所へは出て行かないわよね。もっと表舞台で活躍すればいいのに」

「これ以上人気が出ても大変だから、ちょうどいいんじゃない？　お教室キャンセル待ちなんでしょう？」

「そうらしいわよ。さきちゃんママが入れないって嘆いてたから」

花岡篠仁という有名な先生の孫にあたるのが、柚仁のようだ。

家にいるときは部屋にこもっているか、畑いじりか、ごはん作るか掃除しているかで実感はなかったけど、どうやら柚仁はすごい人だったらしい。

おじいちゃんの家に自転車を返して、お昼をご馳走になり、それから私は花岡家へ戻った。合鍵で玄関の引き戸を開ける。

「ただいま」

三和土《たたき》に彼の下駄《げた》はない。窓も全部閉まってるし、柚仁は出かけているようだ。

麦わら帽子を取って、エアコンをつけた和室でゴロリと仰向けになる。高い天井を見つめてから、静かに瞼《まぶた》を閉じた。

「……風」

柚仁が書いた、伸びやかで、堂々としていて、見た者を別の世界に連れて行ってくれるような美しい文字を思い浮かべる。忘れようとしていた何かが、私の中に甦《よみがえ》った。

それは、私が絵を描こうと決めたときの思い――

自分が得た感動を絵に表現して、誰かに共感してもらいたい、自分が思いを込めたものを誰かに伝えたい。そう、思っていた。

だから私は描き続けた。描き続けて、いた。

＋　＋　＋

公民館を訪れた日から四日後の木曜日。今日は休日だ。柚仁は朝から仕事で都内へ行ってしまい、私は久しぶりに一人で静かな一日を過ごしていた。

夕方早目にシャワーを浴びて、作っておいた麦茶を飲みながら寛《くつろ》ぐ。エアコンの効いた広々とした和室で、お風呂上がりに飲む麦茶は最高だよね！　……お給料入ったらビールにしよ。

テレビの電源を入れようとしたとき、ピンポンとインターホンが鳴った。

「宅配便かな？」

和室に取りつけられたインターホンに出る。カメラはついていないので、音声だけだ。

「はい」

『あの……』

女性の声が聞こえた。

「どちらさまですか？」

『書道教室でお世話になっている、五月女と申します』

あの綺麗な人だ！

『花岡さんは、いらっしゃいますか』

「いえ、出かけておりますが……ちょっとお待ちくださいね」

『すみません』

急いで玄関へ向かう。

今日は書道教室お休みなのに何かあったんだろうか。ふいに、主婦の遠藤さんと五月女さんの会話が思い出される。彼女がお休みの間、柚仁が寂しそうだったとか、それを聞いた五月女さんが顔を赤くしていたこととか。

そして、柚仁に書道を教わる彼女の横顔が、恋する乙女に見えたこととか——

引き戸の曇りガラスの向こうに、人影が見えた。サンダルを履き、戸をひらく。

「こんにちは」

で、いいよね。

「すみません。お休みの日に」

「いえいえ、えーと……」

ふわりと香水の香りに包まれた。フローラル系の甘い匂いだ。今日も髪はつやつやで、レースのついたブラウスとプリーツスカートがよく似合っている。

「これ、花岡さんにお渡しください。出張で京都に行ってきたんです。花岡さん、お漬物がお好きだと聞いたので」

「そうなんですか。では、帰ってきたら渡しておきますね」

どうして花岡先生ではなく花岡さんと呼ぶのだろう。それに、わざわざ柚仁の好きなものをお土産《みやげ》に買ってくるなんて……。書道教室ではそういう話もするんだ。

ぼんやりと考えていた私に、五月女さんが言った。

「あなたは、書道店で働いていらっしゃる方ですよね。お名前は……」

「え、ええ。杉田といいます」

「杉田さんは、書道教室がない日もこうして、花岡さんのお宅にいらっしゃるんですか？」

五月女さんの真剣な眼差しに、体が固まった。薄桃色のグロスを塗った彼女の唇が微《かす》かに震えている。

「私、ここで家政婦をしているんです。書道店の店番も兼ねて」

「家政婦さん、ですか」

「はい」

「ただの家政婦さんですよね？　花岡さんと特別な関係には、ないんですよね？」

「え……」

私の思い違いじゃない。この人、柚仁のこと――

驚いた私を見てハッとした五月女さんは、慌てて頭を下げた。

「あ、ごめんなさい！　いきなり失礼なことを言ってしまって。私、すみません……！」

「いいえ全然！　おっしゃる通り、ただの家政婦ですから、はい」

これは本当のこと。なのにどうして、笑顔がひきつるんだろう。

「そうですか」

私とは逆に、彼女は顔を上げて安心したように微笑んだ。その表情に、確信する。五月女さん、柚仁のことが好きなんだ。

失礼します、と深々とお辞儀をして、五月女さんはその場を去った。綺麗で感じがよくて一生懸命で……こんな人に好かれたら、誰だって嬉しいと思う。柚仁もきっと……五月女さんがここを訪れてからちょうど一時間後、柚仁が帰ってきた。反射的に胸がずきんと痛む。

「ただいまー」

「お帰りなさい」

「おう」

和室に入ってきた彼は珍しく機嫌がよさそうに見えた。畳《たたみ》に座り、私の飲みかけの麦茶を飲む。

「あ」

声を出した私を見て、座卓に空のグラスを置いた柚仁が笑顔になった。

「日鞠、やろうぜ」

「えっ」

や、やるって何を⁉

「これこれ」

彼は畳に置いた袋に手を入れ、大きさの違う長方形の箱をいくつか取り出した。

「もしかして花火ですか？」

「そうだ。夕飯のあと、暗くなったら庭で、な?」

かなりウキウキしているみたい。

花火なんて、何年振りだろう。

鼻歌まじりに花火の箱を手にしている柚仁へ、心のもやもやを隠しながら報告をする。

「さっき、五月女さんがきました」

「五月女さんって、教室の?」

「はい。京都へ出張に行ったそうで、柚仁にお漬物のお土産《みやげ》を買ってきたって、届けにいらっしゃいました」

「あーそういえば、この前そんな話してたな。今度の教室のときでいいのに、わざわざきてくれたのか」

彼女は一刻も早く柚仁に手渡して、彼の喜ぶ顔を見たかったんだと思う。

「冷蔵庫に入ってますので」

「おう。お礼の電話してくるわ」

「え」

「何だよ」

「う、ううん。何でも」

柚仁の何気ない言葉に涙が出そうになって驚いた。柚仁と五月女さん、二人の距離が近づくのかと想像するだけで、心臓が誰かに掴まれたようにぎゅうぎゅうと痛む。何、これ。

夕食後、二人で庭に出た。今は余計なことを考えずに花火を楽しもう。

柚仁が大きなビニール袋から、ひとつの箱を取り出す。

「いきなり線香花火ですか」

「先にちょっとだけな。これ、和製で高いんだよ。どんなもんか興味ある」

明かりが漏《も》れて花火が見えにくくならないようにと、私たちは家中の電気を消していた。垣根の向こうの外灯の光はほとんど届かず、とても暗い。

二人並んでしゃがみ、柚仁が持つ線香花火の箱を私が懐中電灯で照らした。可愛い箱を開けると、中からピンクや黄緑、水色などの色とりどりの持ち手の線香花火が現れた。

「可愛い〜！　使うのがもったいないですね」

「ほんとなー。俺は水色」

「私はピンク」

柚仁が、二本の線香花火に点火してくれた。渡された一本をそっと持つ。先端にじわーっと火の玉ができ、火花が散り始めた。

「綺麗……！　バチバチが大きいですね。和製だからかな」

「だろうな」

「ずーっと眺めていたいです」

「お前、線香花火好きだもんな」

「え？」

「いや、何でもない」

柚仁が私から顔を逸らした。

「好き、ですけども……」

花火は消え、瞼《まぶた》の裏に残像が残る。

どうして、私のことを知ってるふうな言い方をしたのだろう。

数本ずつ線香花火を楽しんだあと、別の箱に入った長い棒の花火を取り出して点火した。柚仁は両手に持って喜んでいる。その無邪気な笑顔にドキンとした。

彼の隣に立って、私も長い棒の花火に火を点けた。青色の閃光《せんこう》と煙が舞い上がり、火薬の匂いが鼻を突く。

「『風』って……気持ちよさそうな字でした」

「何が？」

「何がって、柚仁が書いた『風』の字」

「……俺？」

「おじいちゃんに教えてもらって、この前、公民館に行きました。教室の生徒さんたちの作品が貼り出されていて、そこに柚仁の書があったんです」

「ああ、教室の作品展な。忘れてた」

「忘れてたんですか？」

「忙しいんだよ、いろいろと。他にも何点か書いて出してるんだ」

「どこに？」

「共同で展示会とか、飲食店の中に飾るのとか、看板とか、まぁいろいろ」

書道教室だけじゃなく、他にも活動していたとは知らなかった。ふと、公民館で聞いた話を思い出す。

「花岡篠仁さんって、柚仁のおじいさんなんですか？」

「どこで聞いた、それ？」

「作品展に生徒さんがきていて、そのお母さんたちが話していました」

「そうか」

「私は知らないんですが、有名な方なんですよね？」

「もうとっくに死んでるけどな。この家の元、主《ぬし》だよ」

消えた花火の棒は、バケツの水に入れると、じゅわっという音を立てた。

「俺の両親は今、長野に住んでいて、本格的な田舎《いなか》暮らしを楽しんでる。篠仁……俺のじいさんに反抗した父は、書道家にならなかった」

柚仁が箱からまた、花火を取り出す。

「じいさんは確かにすごい人だったよ。でもプライドが高くて頑固で、地元の人とは必要以上に交流しなかった。書道教室では、かなり厳しい指導をして誤解されることもあったみたいだ」

新しい二本の花火に火を点けた柚仁は、一本を私にくれた。

「それでも俺はじいさんが好きだったし、じいさんも俺を可愛がって、たくさんのことを教えてくれたんだ。亡くなる前に俺がここを継ぐことになったんだけど、やることなすこと、じいさんと比べられて散々だった。篠仁の孫ってだけでくだらない嫉妬《しっと》を受けたりもした。派閥だ流派だってのも面倒で、そういうのから一旦離れて今はゆるゆるやってる。俺にはこっちのほうが性に合ってるし、篠仁を超えることは不可能だから、これでいいと思ってる」

「……」

「ゆるゆるっつっても、本気でやらないと、すぐに人が離れて行く仕事だから、いい加減にはできないけどな」

彼が私にここまで教えてくれるとは思わなかった。私、彼のこと何も知らなかった——

今なら私も、自分のことを正直に話せるような気がする。ばちばちと閃光《せんこう》を放つ花火を見つめて、口をひらいた。

「私は、絵を描いてました」

「知ってる」

履歴書に書いたんだっけ？　ああ、おじいちゃんから聞いていたのかも。

「絵を描くことが好きで、描いていられれば幸せ、くらいに思ってたんですけど……挫《ざ》折《せつ》しました」

「何で？」

「才能ある人のほうが好きだと言われて」

「誰に」

「元カレ、です。少ししか付き合いませんでしたが」

「……」

「それで、彼が言った才能ある人というのが……私の親友でした。知らない間に二人は恋愛関係になっていて、私は彼にそれを言われるまで全く気づきませんでした」

「今も付き合ってるのか、その二人」

「多分。私は二人と連絡を取っていないので、別の友人から聞きました」

衝動的にＳＮＳは全部やめてしまった。私たちの関係を知っている人たちから逃げ出したくて……今では数人の友人とメールをしているだけ。

「別にもう、その元カレのことなんて、とっくに好きじゃないんですけど……。いろいろいっぺんに失《な》くしたせいなのか、筆をとれなくなっちゃって。描こうとする度に、手が震えるんです。何を描いても自分はダメなんじゃないかって……」

まだまだ描きたいものはたくさんあったのに。

「絵を描くのが本当に好きなら、彼らのことは関係なく続けられるはずなのに……根性ないみたいで、私。……はは」

重い空気にはしたくなくて、笑顔を作った。

「そんなことくらいで辞められるのなら、私ってもともと描くことが好きじゃなかったのかな、とか……何だかもう、わかんなくなっちゃって」

「そんなことじゃないだろ」

新たに別の花火に火を点けた彼が、私の声を遮《さえぎ》った。

「自分が信じてるものを否定されて、その上裏切られたら、普通は動けなくなる。お前は何もおかしくないよ」

「……」

「大切にしてたんなら、いつか必ず無性に描きたくなるときがくる。そのとき、また考えればいいんじゃないのか」

柚仁の言葉が胸に響いて視界が歪《ゆが》んだ。

泣いたらダメだと思うのに、甘えていい関係ではないのに、抑えられなかった。

「……う、うー」

あとからあとから溢れて……涙越しに見える儚《はかな》い花火の光が、まるでイルミネーションのようにゆらゆらと輝いて見える。しゃがんだ自分の膝に顔を押しつけると、そばにきた柚仁の手が私の頭をそっと撫でてくれた。

あの、大きな手で。伸びやかで大胆な、美しい墨《すみ》の色を使った文字を書くその手で、私を慰めている。心の中で、ことんと扉がひらいたような気がした。重たい荷物を下ろして軽くなったような、不思議な気持ちだった。

「ほら、最後の一本お前にやらせてやるから、もう泣きやめ」

しばらく泣いていた私に、柚仁が線香花火を差し出した。黄緑色のそれを受け取る。

「柚、仁」

「ん？」

出会って間もないし、雇われ人がこんなことを思ってはいけないんだろうけど、私、気づいてしまったの。

「私に、書道を教えてください」

柚仁が私に興味を持った以上に、私のほうが柚仁に興味があるということに。さっき柚仁が、五月女さんに連絡を入れる、と言っただけで泣きそうになった気持ちの意味に――

「もう一度、筆を持ってみたい。作品展を見て、そういう気持ちになれたんです」

線香花火が大きな玉を作り、美しい火花を散らした。そばにしゃがむ柚仁は、黙って私を見ている。

「月謝は払いますので、お願いします」

彼の書を見た、あの感動を、胸に閉じ込めておきたい。

でもまだ私に、絵を描く勇気はない。だったらせめて、この人が書く文字を間近で見て、描きたいという思いを忘れないようにしたい。描くことと書くことは違うかもしれないけれど、別の形で筆を手にしてみたい。

「リハビリか」

「……そうかもしれません」

「いいよ、教えてやる」

「本当に……?」

「やるからには俺は真剣だ。お前も真剣になれよ」

「はい。ありがとうございます」

お水の入ったバケツは花火でいっぱいだった。消えた最後の線香花火を水に浸《ひた》す。薄暗がりの中、立ち上がった柚仁の背中に向けて声をかけた。

代表っぽい男の子が申し訳なさそうに頭を下げると、他の人たちも頭を下げた。

「いえいえそんな、私はたいしたことはしていませんので」

皆、感じがいい。大学生だろうか、私とそう歳は変わらなそうだ。部屋にはチラシを持つ数人のお客さんもいて、陳列されたものを見ている。

和室に置かれた平机には、こまごまとした雑貨が並んでいた。小さな木製の小鳥のストラップに、同じ素材のペンダント。羊毛フェルトで作った様々な小鳥、などなど。

「これ、手作りですよね？」

小鳥のストラップを指さして訊ねると、そこにいた女子が照れたように答えた。

「はい。私が作りました」

「緻密《ちみつ》で丁寧で、とっても可愛いです」

「ありがとうございます！」

小鳥コーナーの隣に万華鏡がずらりと並んでいる。複雑な形のものから、紙製のシンプルなものまで、それら全部が手のひらに収まるほど小さい。こちらは小鳥の彼女の隣にいた、眼鏡男子が作ったものだと教えられた。他にも革でできた小物や色とりどりの豆本、子どものおままごとに使えそうな、でも本格的な焼き物の豆皿など、とにかく小さなものがたくさん飾られている。値札がついているものは、この場で購入できるらしい。

話してみると、やはり彼らは大学生だった。作品発表の場を探していて、柚仁のホームページへ辿り着いたという。

それぞれ違うものを作っていても、テーマを統一して、共同でこういう場所を借りれば個々の負担が少なくて済む。それで今回は「ちいさなモノ」というテーマをもとに集まった、というわけだ。

作り手の楽しそうな雰囲気が直に伝わってきて、とてもいい試《こころ》みだと思う。そうだよね。まずは楽しむことが大事なんだ。私はそんな基本的なことをどこかに置きっぱなしにして、そしていつの間にか、なくしていた。拾いに行こうとも、探しに行こうともしなかった。

でも、今は違う。

柚仁の書に出会って、私は大切なことを思い出した。

少しだけ前に進めたと思っても、いいよね？

「見せていただいて、ありがとうございました。受付に戻りますね」

「すみません。よろしくお願いします」

「あの、もしも余ったらで構いませんので、何か買わせていただいてもいいですか？」

「わぁ、もちろんです！　ありがとうございます！」

その後、書道教室に通っている人も何人か訪れた。なかなかの盛況だ。花岡家でギャラリーをしていることは、この辺で有名なのだろうか。何にしてもいいことだと思う。地元の人が集まってきて、知らない学生たちの作品を見て交流できるというのは、なかなかできないことだし。

ギャラリー一日目の終わりが近づき、玄関を出入りする人はいなくなった。

「ここも片づけよっと」

書道教室のパソコンを消して、カーテンを引く。ドアを開けて玄関に顔を向けると人影が現れた。

「こんにちは。もう終わりですか？」

五月女さん……。私の胸がずきんと痛む。

「いえ、まだ時間はありますので、大丈夫ですよ～」

「そうですか、よかった。お邪魔します」

相変わらず可愛い。髪はゆるい編み込みにして、品のあるブラウスに、ふんわりしたスカート、綺麗なヒールのサンダルを履いている。

それに比べて私の恰好ときたら、いつものショートパンツに、大好きなアーティストのロゴが入ったTシャツを着て……スリッパを履くどころか裸足なんですけど。コーラルピンクのネイルをしていたことが、せめてもの救いかもしれない。

柚仁を好きなんだと自分の中で認めてしまった私にとって、図々《ずうずう》しいのは百も承知で言わせてもらうと、この美しい彼女とはライバル関係ということになる。……やっぱり、Tシャツくらいは女子力あるものに着替えてこようかな。

「日鞠、お疲れな」

振り向くと、作務衣《さむえ》姿の柚仁がいた。どきーんと心臓が跳ね上がる。

「お、お疲れ様です」

「あれ、五月女さん？」

「花岡さん、こんにちは。きちゃいました」

五月女さんが満面の笑みで答えた。

「こんにちは。きてくれたんですね、ありがとうございます。さっき、他の生徒さんも何人か見えられたようですよ」

「私、終了ぎりぎりでしたよね。ごめんなさい」

「まだ平気ですよ。ゆっくり見て行ってください。俺も今まで仕事だったんで、これから作品を見せてもらうところなんですよ」

「じゃあ、あの……」

「一緒に見ます？」

もじもじした五月女さんに柚仁が言った。

「え！　あ、花岡さんがよければ、ぜひ」

「気に入ったものがあれば買えるみたいですよ」

「そうなんですか？　楽しみ……！」

胸が苦しくて言葉が出ない。

廊下に一人残された私は、並んで歩く二人の背中をぼんやり見つめた。お似合いだな、なんて、余計にしょんぼりすることを呟《つぶや》いて自己嫌悪する。

ギャラリーでどんな会話をするのだろう。五月女さんが買うものを、柚仁が選んであげるのかな。

後ろからそろりとついて行き、死角になる場所に立って、二人の様子を廊下から窺《うかが》った。傍から見れば怪しさ満点なのはわかってるけど、気になって仕方がない。

学生の子たちが、二人に作品を紹介していた。話に頷いたり、作品を手に取って眺める柚仁を、五月女さんが横でじっと見つめている。書道教室のときにも思ったのだけど、柚仁を好きだという気持ちが彼女の表情から溢れているんだよね。誰が見ても、五月女さんが柚仁を好きだってわかりそうなほどに。これなら、柚仁も彼女の気持ちに気づいてるような気がする。

五月女さんの視線に振り向いた柚仁が、彼女に優しく笑いかけた。たったそれだけのことなのに、心臓がちぎれちゃいそうなくらいに痛い。

二人が楽しげに話しているところへ、学生たちも加わる。二人がお似合いだと、からかうように笑った。満更でもなさそうな柚仁の横顔を見た私は、さらに落ち込んでしまった。

こんなところで覗き見して、聞き耳立てて、私ってば完全に脇役だ。

柚仁と私で、五月女さんを玄関まで見送る。

「花岡さん、一緒に見てくださってありがとうございました。とても楽しかったです。また土曜日、教室に伺《うかが》いますので」

「お待ちしています」

「花岡さん、すみませーん！　ちょっとこれ、わからなくてー！」

「ああ、今行きます！　じゃあ、五月女さん失礼します」

「さようなら」

学生の声に、柚仁は奥の和室へ戻っていった。その足音が遠ざかっても、五月女さんは玄関に留《とど》まったままだ。引き戸に手をかけ、私のほうを見ている。

「あの？」

「私、負けませんから」

「え」

「あなたには絶対に負けません。それでは失礼します」

引き戸を開けて、五月女さんは颯爽《さっそう》と花岡家を出て行った。

負けないって、何を?

もしや、私が柚仁を好きなのがバレたとか? それで、家政婦をしながら柚仁と一緒に住んでいる私には負けないと宣戦布告した。そういうこと……?

ついさっき、五月女さんとライバル関係だと考えた自分が、何だかとても惨《みじ》めに思えた。

金太郎が、ゆるふわに。ショートパンツが、綺麗めのスカートに。Tシャツが、上品なブラウスに……

「勝てるわけ、ないじゃん」

翌日、ギャラリー二日目も無事終了した。

今日は地元の人よりも、チラシや宣伝でここを見つけた人や、作品を作った彼らの学生仲間が多く訪れていた。作品もたくさん売れたようで、私まで嬉しくなってしまう。

荷物の撤収を終えた学生たちが、玄関先で柚仁に頭を下げる。

「二日間、お世話になりました」

「いえ、こちらこそご利用ありがとうございました。これからも制作、頑張ってください」

「ありがとうございます。また来年、こちらを利用させていただけたらと思います」

「ぜひそうしてください。お待ちしてますよ」

皆は柚仁の隣にいた私にもお辞儀をして、花岡家をあとにした。

なんか、こういうのっていいな。自分の学生時代を思い出す。作品を作り上げて、それを誰かに見てもらうだけで、楽しくてたまらなかったあの頃を。

「よーし、出かけるぞ」

くるりと振り向いた柚仁が笑顔で言った。

「え、どこに？」

「特別手当で夕飯奢《おご》ってやるからこい」

特別手当って、お金じゃなくてそっちのこと⁉　あ、でも二人でごはん食べに行けるんだ……なんて、乙女心が疼《うず》いてしまう。

「どこに行くんですか？」

「とりあえず江の島に行く」

「じゃあ少しだけ待っててください！　すぐ着替えてきますので！」

五月女さんのことで落ち込んでいる場合じゃない。二人でお出かけなら、ここで何とか女子力を上げなければ！

「あと十秒な。いーち、にーい」

「え、ちょ、ちょっと待って！」

屋根裏部屋に駆け上がり、柚仁が買ってくれたエメラルドグリーンのタンクトップを取り出した。下は……白いロングのティアードスカート。私だってスカートくらい穿《は》くんだから。

一応メイクはしていたけど、グロスを塗り直して……帽子を持って、桜貝色のビーチサンダルも手にする。

玄関へ急ぐと、柚仁が靴を履いているところだった。

「お待たせしましたっ」

「おう」

振り向いた柚仁が、こちらをじっと見つめる。

「似合うじゃん、それ」

「ありがとうございます。やっと着られました」

似合うなんて言われると頬が緩んでしまう。もったいなくて今まで着られなかったんだけど、よかった。

「ああ、ビーサンはやめとけよ。電車で足踏まれたら死ぬぞ。俺も下駄《げた》はやめた」

踏まれたところを想像してぞっとした。私じゃなくて柚仁のほうで。

「下駄は……踏まれた人が大惨事ですもんね」

「まーな」

ビーチサンダルをそっと三和土《たたき》に置く。残念だけど、今度海へお散歩に行くときに履こう。また柚仁と一緒に行けるといいな。

横須賀《よこすか》線に乗り、鎌倉駅で降りた。午後の強い日差しは傾き始め、夕暮れが迫っている。江ノ電《えのでん》の乗り場へ行って、尋常ではない混雑に唖然とした。ホームには上がりきれないようで、溢れた人が駅員さんの誘導で階段下にまで並んでいる。何でこんなにいるの？　お盆休みだからって、江ノ電大人気すぎるでしょ……！

「うっわ、混んでんな～。一回で乗れないな、これ」

「都心の通勤電車みたいですよね」

「日鞠、俺から離れるなよ」

「あ、はい」

意味が違うのはわかっていても、その台詞《せりふ》はきゅんとするから、やめてほしい。

ホームに滑り込んできた電車を二度見送り、何とか三度目に乗ることができた。ぎゅうぎゅうと押されて柚仁と体が密着する。心臓がドキドキしているのが柚仁に伝わってしまいそう。

「大丈夫か？」

「はい。すごい、ですね」

私の丸出しの腕と肩が、柚仁の腕と密着している。エアコンが効いているのに暑くてたまらない。

江ノ島駅に到着し、たくさんの人たちとともにホームへ降りた。

人の波に押し流されないよう彼の背中について行く。でも、これだけ人が多いと、はぐれない自信がない。彼のTシャツの裾《すそ》にでも掴まらせてもらおうかと迷ったそのとき、顔だけ振り向いた柚仁が私の手を握って歩き始めた。

「あ」

「はぐれたら面倒くさいからな」

ビーサンで足を痛めたときも手をつながれたけど、恋心を自覚した今はどういう顔をしたらいいのかわからない。

「お前の手って小さいよな～」

「柚仁の手が、大きいんだと思います」

「そうか？　普通だろ」

相変わらずさっさと歩く柚仁に、頑張ってついて行く。彼と一緒に同じ場所へ辿り着きたいから、その手をしっかり握って。置いて行かれないように、はぐれないように。

「……」

どうしてだろう。柚仁と一緒にいると、こうして触れ合っていると、前にもそんなことがあったような気がしてしまう。それも最近のことじゃなく、ずっと前に。高校生？　中学生？　ううん、違う。もっともっと、昔のような……

地下道を抜けると、目の前に海が広がった。

海の上にかかる江の島弁天橋《べんてんばし》を渡り、辿り着いた江の島の青銅の鳥居をくぐる。たくさんの人で賑《にぎ》わう参道に点々と明かりが灯《とも》っていた。

「あれは、灯篭《とうろう》？」

「八月の終わりまでやってるんだってさ」

「綺麗……」

灯篭の明かりがほんのりと道を照らし、夏の夜の風景に彩《いろど》りを添えている。

「上でエスカー乗ろうぜ。もっと綺麗なのが見られるらしい」

「エスカーって、何回かに分けて頂上まで上るエスカレーターですよね。私、小学生のとき以来です」

「数年前にリニューアルしたらしいぞ。俺も久しぶりなんだ」

参道を抜けた場所でチケットを買い、エスカーに乗った。縦一列で乗っているのに……手はつないだまま。離そうとすると強く握られて、ほどけない。はぐれる心配はもうないでしょ？　と思ったけど、何も言わずそのままにしていた。

島の上に到着すると既に辺りは薄暗い。参道の何倍もの灯篭が、進む道を照らしていた。

「すご～い！　綺麗……！」

「な。あ、店はこっちだ」

予約したという、イタリアンのお店に入った。広いテラス席に案内され、二人で向かい合わせに座る。

「ちょうど日が沈むな」

「素敵なところですね」

「だろ？　って、俺もくるのは初めてだけど」

柚仁と顔を見合わせて笑った。こんなふうに砕けた調子の柚仁と、夕陽を見ながらお食事なんて……幸せすぎる。

テラスの前に広がる海が、美しい夕焼け色に染まっていた。

「お疲れさん」

「お疲れ様でした」

ビールのグラスをかちんと合わせて乾杯する。

サラダを食べながら、ビールをあっという間に飲み干し、次に白ワインとフレッシュモッツァレラを注文した。運ばれてきたカリカリのピザを口にする。

「私、しらすのピザって初めてです」

とろりと溶けたチーズに、ほどよい塩気のきいたしらすがよく合う。

「美味《うま》いか？」

「すっごく美味《おい》しいです。幸せ！」

「よかったな」

柚仁は、満足げに何度も頷いた。

食事をしている間に夕陽は沈みきって、水平線にオレンジ色だけが留《とど》まっている。海から吹いてくる潮風にスカートの裾《すそ》が揺れた。このテラス席は広々として、とても涼しい。

「ああいうの、いいですね」

「ああいうのって？」

彼の髪が潮風にふわふわと揺れて、朝の寝癖を思い出した。なんだか可愛い。

「古民家で個展をするっていうのが。気楽に見てもらえていいなって思います」

「一人で住んで、あの広さを持て余してたんで、去年から始めたんだ。駅にも近いし、少し行けば海だしな。気軽に寄ってもらいやすそうだろ？」

「いつも貸してるんですか？」

「月に一度、第三日曜辺りだな。ネットで予約を受けつけてる。今月は特別に、お盆休みの二日間にした。最初の頃は近所のお年寄りサークルが手作りしたものを飾ってただけなんだけど。いつの間にか口コミで広まって、今日みたいなギャラリーが主流になってきたんだよ」

柚仁はシーフードのグラタンを口に入れて、それからグラスに残ったワインを一気に飲んだ。

「そうなんですか」

「たまにはイタリアンもいいな。美味い」

個展、お前もやってみれば――なんて無神経なことを言ったりしない柚仁が……好き。口は悪いし、一見意地悪に見えるけど、本当は優しい。その優しさに気づいて、どんどん好きになっていく自分がいて、怖い。

空はすっかり群青色《ぐんじょう》へと変わり、星が瞬《またた》いている。

デザートのマンゴーシャーベットまで食べて、お店を出た。当たり前のように、再び柚仁が私の手を取る。お酒のせいか、彼の手のひらがとても熱い。

「明日から教室が始まる。生徒が帰ったあと、お前の番な」

「書道のことですか？」

「ああ」

「それだと柚仁、お腹空きませんか？」

「メシ食ったら集中できなくなるから先にやる。お前は書道の前に食っていいからな」

「いえ、私も集中したいので食べません」

「あ、そう」

彼に手を引かれて、灯篭《とうろう》に照らされた石段を下りて行く。島に打ちつける波の音がここまで聞こえる。人はまばらで、時折私たちの前を猫が横切った。風に吹かれた木々のざわめきが、暗闇を濃くしているように感じた。

「今日、ありがとう」

ぽつりと呟《つぶや》いてみる。

「あ？　何だって？」

「ううん、何でもないです」

遠くの浜辺で誰かが飛ばした花火が、ちらりと見えた。ひゅん、と鳴って、ぱんと弾ける。きらりと咲いた花は一瞬で消えていった。その儚《はかな》さに切なくなって、彼の手を強く握る。

ねえ、柚仁。

私たち、ずっと前にどこかで会ってない？　こうして手をつないで、歩いていない？

私のことを知っているふうな言い方は、もしかして……

私の思考は、止まらない。

柚仁は、五月女さんみたいな綺麗な人が好き？　私に興味があるって、どういう意味なの？　私、いつまで柚仁の家で働いていていいの？

五月女さんに見せる優しい顔と、私に見せる飾らない姿。どっちが本当の柚仁なの……？

灯篭の明かりのように、心がゆらゆらと揺れた。夜道を歩く私たちのあとを、風鈴の音が追いかけてくる。よぎる思いはたくさんあるけれど、この雰囲気を壊したくなくて、何も訊ねることができない。

いつまでもこの道が続けばいいのに。ずっと手を離さないでいてくれたらいいのに――

今度は心の中だけで呟《つぶや》き、私は柚仁の横顔をそっと見上げた。

＋　＋　＋

翌日から、約束通りに書道を教えてもらうことになった。

「失礼、しまーす……」

生徒さんが帰った夜の九時前。書道教室の引き戸を開けて部屋に入る。和室の一番奥で平机に向かって正座していた柚仁が、顔を上げた。

「おーう、入れ」

朱色の墨汁《ぼくじゅう》で花丸をつけている彼に近づく。

「生徒さんのですか？」

「ああ。こうして丸つけて貼り出してやると喜ぶからな。特に低学年は、やる気も出るみたいだし」

墨汁の香りが懐かしい。部屋の壁に並んだ作品を眺めた。練習とはいえ、皆、上手だ。

「しかし言っとくが、お前はこのレベルに達してないからな」

「え！　そ、それ小学校一年生の作品では」

「そうだ。お前は小一に負けている！　びしびし鍛えてやるから覚悟しとけよ」

「う……は～い」

「はい、は伸ばすな！」

「はいっ！」

これは……前途多難。

柚仁が座る平机の、すぐ前にある生徒さん用の机で練習を始めた。

この書道教室では、希望者には書道道具を貸し出している。それなら仕事帰りの大人や、近所の主婦も気軽にできる。そういうところも、人気の理由なのかもしれない。

「できたか？」

「あ、はい」

「どれ、見てやる」

彼は立ち上がり、私のほうへきた。真後ろに座った気配がする。

「まぁまぁだな。筆持って、もう一枚書いてみろ」

「はい」

書いていたのは、漢数字。

新しい半紙をセットして筆を墨汁につけた。と、柚仁が、筆を持つ私の手を上から握った。

「！」

一気に顔が熱くなる。

「一緒に書くから覚えろ。お前、どうも変な癖があるみたいだからな」

耳元でそのイイ声、ほんと、困るんですけど……。

一から三まではストレートに丸をくれたのに、「四」はダメだと言う。

柚仁の手がゆっくりと動いた。彼の力に任せて一緒に筆を動かしていく。

「あ、すごい……！」

すっと、綺麗な線が引けた。とめはしっかり、真っ直ぐ下へおろすときは力強く。柚仁のお陰で、誰が見ても美しく立派な「四」が書けた。さすがのプロの技に感動する。

「わかったか？」

「はい。ありがとうございます」

指導を終えたはずが、柚仁はその場から動こうとしない。

彼の気配に緊張する。胸のドキドキが柚仁に聞こえてしまいそう……と思ったとき、
お腹がぐうううううっと鳴ってしまった。な、何で⁉

「やっぱりお前、腹減ってんじゃねーか」

「き、緊張しただけです！」

「緊張でそんなに腹が鳴るかよ。来週は練習の前に夕飯食っとけ。な？」

「……はい」

こんなことならドキドキが聞こえちゃったほうがましだった……恥ずかしい。

柚仁が立ち上がり、私の頭上でぼそっと呟《つぶや》いた。

「持てるんだな」

「え？」

彼は頭に巻いた白いタオルを外して、私の手元を指さす。

「筆」

「あ、えっと……そうですね」

最初から何の躊躇《ためら》いも起こらなかったことに、今になって驚いた。

「ま、絵とは全然違うもんな」

「書道をするんだって思ったら、意外と平気でした」

「そうか」

柚仁、気にしてくれてたんだ……

そうだ、緊張している場合じゃない。彼が真剣に教えてくれているんだから、私も自分にきちんと向き合わないと。


初めての回が終わり、二人で遅い夕食を囲んだ。

「前から聞こうと思ってたんですが」

「何だ」

そう言って柚仁は大きなお茶碗のごはんを口へかっこんだ。彼の食べ方はいつも豪快で気持ちがいい。

「ごはん、どうですか？　……美味《おい》しい？」

今さらだけど、実はずっと気になっていた。料理はもともと、あまり得意なわけではないから。

「全部イマイチ」

「えっ‼」

ちょっ、え、本当に⁉　さらりと答えた柚仁の顔を見つめると、にやっと笑われた。

また私、からかわれてる……？　いつも残さず食べてくれるから、少しは美味《おい》しいと思われてると思ってた。

「俺が作ったほうが美味《うま》いな、全部」

「そ、そうでしたか……すみません」

一人暮らしが長かったとはいえ、きちんとした食事はほとんど作ったことがなかった。だから仕方がないか……、と思いつつも泣きそうになる。努力はしてるつもりなんだけどな。

私は小さくなってお味噌汁を啜《すす》った。

「でも、俺はお前が作ったのを食いたいから、これでいい」

柚仁は豚肉の生姜《しょうが》焼きへお箸《はし》を伸ばした。

「えっ？」

「俺はお前が作ったものを食いたい、そっちのほうがいい、って言ってるんだよ」

「でも美味しくないんでしょ？」

口に入れたお肉を呑み込み、柚仁は、顔をしかめた。

「お前のがいいの！」

「は、はいっ！」

思わず返事はしたものの、やっぱりよくわからない。

わからないけど……何だかくすぐったかった。お前のがいい、って言ってくれるなら素直に受けとめよう。柚仁が美味しいと言ってくれるまで、もっと頑張ってみよう。

お風呂のあと、私は屋根裏部屋に上がってひと息ついた。

窓の外の黒い空に視線を移して、まばらに浮かぶ星を眺める。

柚仁の手と一緒に書いた文字を思い出す。紙に染み込む墨汁《ぼくじゅう》と、滑る筆の感触。それは嫌なものではなく、寧《むし》ろ気持ちがよかった。その勢いで……今なら、大丈夫な気がする。

「ちょっとだけ、見てみようかな」

勢いよく立ち上がり、押入れを開けた。四つん這いになって下段の奥に手を伸ばす。隅に置いてある段ボール箱を引っ張り出し、蓋《ふた》に貼られたガムテープに手をかけた。中には、捨てられなかった画材道具がぎっしり詰まっている。どこにどうやって何を入れたのか、全部思い出せる。息を吸い込み、ガムテープに触れる手に気合を入れた。でも……

「やっぱり……まだ」

ダメだった。

頭ではわかっていても体が拒否している。私の手は、ガムテープを引っ張ることができなかった。手のひらがしっとりと汗ばんでいる。

柚仁と一緒に筆を握って、何かが軽くなった気がした。だから今は、それだけで満足だ。彼が与えてくれた貴重な時間を大切にしよう。そして少しずつでも、変われればいい。

＋　＋　＋

「今日は涼しくて掃除がラク〜！」

最近は家の中を端から端まで掃除機をかけることに快感を覚え始めていた。花岡家は余計なものが一切置かれていないので、ラクに掃除機をかけられる。この広い空間が綺麗になったときの快感といったら！　ここにきたばかりのときは想像もつかなかった。

廊下の雑巾《ぞうきん》がけを始めたとき、柚仁が部屋から出てきた。仕事をしていたのか、作務《さむ》衣《え》姿だ。

「あーどうだったかな。今、在庫確認するわ」

スマホで話しながら私の前を通りすぎ、玄関へ向かう。そして彼はお店の入り口を開け、中へと入っていった。

突然、柚仁の部屋のドアがバタンバタンと鳴った。風で大きく開いたようだ。急いでドアを閉めに行くと、部屋の中から何かが飛んできた。

「わ！　え、半紙？」

慌てて追いかける。それは柚仁の練習の書だった。拾った半紙を手に、彼の仕事部屋を振り向く。

「す、すご……！」

初めて見る柚仁の部屋に圧倒された。

十畳はあるだろう和室に広げられた大量の書。平机が紙で埋もれている。全開の窓から入る風に吹かれて、別の紙が部屋から飛び出しそうになった。

「あ！　待って、ちょっと！」

ひらひら飛ぶ半紙を押さえ、思わず部屋に入って内側から扉を閉めた。

「入っちゃった……」

ここには絶対に入るなと言われていたけど……仕方ないのよこれは、うん。柚仁の書を守るためだったんだから。すぐに出よう――

そう思った瞬間、体が硬直した。

平机とは別の、窓のそばにある普通の机。その上に、一枚の絵が立てかけられている。

額《がく》に入ったその水彩画には、泳ぐ金魚が描かれていた。

「私の、絵――。何で、ここに？」

去年、最後の個展に出したものだ。そのときに金魚の絵が売れたのは知っている。それは私が席を外したほんの一瞬の出来事だった。受付にいてくれた友人の話だと、その人は名前や住所などは記入せずに、ただ購入して去って行ったという。若い男性だとは聞いていた。それってまさか、柚仁だったの⁉

再び風が吹き、机の上からひらりと何かが飛んできた。足元に落ちたそれを拾って、さらに驚く。

「これ、私……⁉」

手にした一枚の写真に、小さい頃の私がいた。まだ小学校に入る前くらいだろうか。背景はおじいちゃんの家で、玄関前に立つ私の隣には男の子がいる。

何かを、思い出しそう――

「おい」

がちゃんとドアが開き、後ろから声をかけられた。

「ひい！」

芋虫を投げたときみたいに、写真を放ってしまった。どうしよう、叱られる！

恐る恐る振り向くと、柚仁は写真を拾っていた。開けっ放しのドアへ窓から風が通り抜ける。半紙が再び、ひらひらと動き始めた。

「見ーたーなー」

「は、はひ……」

　こ、怖い。

「入るなっつったろーが」

「半紙が廊下に飛んできたんです。ドアも窓も開いていて、散らばったから、えっと、押さえてましたっ」

「それは——悪かったな」

　低い声で言いながら、柚仁が近づいてきた。目の前に立ち、恐ろしく不機嫌な顔で私を見下ろしている。何かされる前に先制攻撃しないと……！

「あの、そこに写っているのは……私なんですが」

「……ああ」

「それ、おじいちゃんち、ですよね？」

「そうだ」

　表情を変えない柚仁がさらに私に近づく。彼の匂いを感じながら、ごくりと喉を鳴らした。

「そこにいる、もう一人の男の子は」

「俺だ」

「え……」

意外な言葉に、口を大きく開けたまま彼の顔を見つめた。

写真に写っている、あの男の子が……柚仁？　おじいちゃんちの前で、一緒に並んでいる子が。柚仁が私の二つ年上ということは、当時この子は小学生？

足が……速くて、一緒に歩いても、全然待ってくれなくて、夏休みは一緒におじいちゃんちで花火をした……。ゆうじん、ゆう……

「あーーー‼　ゆ、ゆうちゃん⁉　もしかして！」

首の後ろへ手をやり、柚仁は大きくため息を吐《つ》いた。

「気づくのおっせーんだよ、ひま！」

その呼び名。

そうやって私を呼ぶのは……ゆうちゃんだけだったこと。私、思い出したよ、柚仁。

履歴書を見せたとき、私のことを「ひま」って呼んだのは……そういうことだったんだ。

柚仁の手元を指さす。何の悩みもなさそうに笑っている私と、隣に立ってむっとした顔をしている柚仁が写っている、一枚の写真。

「まさか保育園のときに遊んでた、ゆうちゃんだなんて……」

私と柚仁は同じ保育園だった。ここからそう遠くはない保育園だったはず。

「お前が年少のとき、俺は年長だった。そのあともお前が卒園するまで、杉田さんちでよく遊んでたんだぞ」

「え」

「俺よりチビだったとはいえ、そんなに綺麗さっぱり忘れられるもんかね～。結構面倒見てやったのによ」

あの頃、両親が共働きで、琴美姉と幸香姉は部活に忙しい中学生だった。家の近くの保育園だと、誰も私のお迎えの時間に間に合わない。それで私は、自宅から離れたおじいちゃんちの近くの保育園に通っていた。朝はお父さんが保育園に送ってくれて、帰りは両親の代わりにおじいちゃんがお迎えにきていたんだ。そしてお父さんかお母さん、先に仕事が終わったほうがおじいちゃんちで待機していた私を迎えにきていた。

そんなこと、今の今まで、すっかり忘れていた。

保育園を卒園後、自分の家のそばの小学校に入学した。放課後は児童クラブに入ったので、おじいちゃんちに行くことも減って、柚仁とは会わなくなったんだ。

「俺もお前が小学生になってすぐ、親の仕事の都合でこの家を離れたんだ。ここには滅多に遊びにこなかったし、お前にも会えなかった。だから小さいお前が覚えてなくても仕方ないんだけどな」

目の前に立つ、彼の顔をまじまじと見つめた。ゆうちゃんがどんな顔してたかなんて、全然覚えてない。写真を見ても思い出せない。当然だけど声も違う。だってここにいるのは男の子じゃなくて男の人……なんだもん。でも。

「足が速いのは、変わってなかったんですね」

「そうか？」

「私いつも、ゆうちゃんのこと追いかけてました。ひまは足が遅いって叱られてた」

断片的に変わっていないところを思い出して、懐かしさが込み上げる。

「でも、どうして教えてくれなかったんですか？　おじいちゃんも何も言わなかったし」

「お前が甘えないようにだ」

「私が？」

「仕事できてもらうからには、当然給料も発生する。そこに甘えが入ると面倒なことになる。だから、あえて俺のほうから教える必要はないと思った。多分、杉田のおじいちゃんも、その辺のことは俺に任せてくれたんだろうな。まあ俺は、お前が思い出したら、それはそれでいいと思ってたし」

仕事に私情を挟みたくないのは私も同じだ。確かに、最初から幼馴染み《おさななじ》の「ゆうちゃん」だとわかっていれば甘えが出て、掃除にしろ何にしろ愚痴《ぐち》を零すこともあったかもしれない。

「でも、それは間違いだったかもな」

　柚仁は私から顔を逸らした。

「俺のほうが先に、お前に甘え出したから」

「え」

「小さい頃、俺にべたべたくっついていた日鞠のこと思い出して……今の日鞠に興味が湧いたっつーか。それで……」

「それで？」

「いや、別に」

　そう言って、柚仁が開いている窓を閉めに行ってしまったため、それで、の続きは語られなかった。私に興味が湧いて……今はどう思ってるの？

　飛んでいきそうだった半紙はその場に留《とど》まり、静かな空間が出来上がった。

「あのー、そこにある私の金魚の絵は」

「こっちも見たのか」

「ごめんなさい」

「あれはな……お前、杉田さんに言うなよ？」

「おじいちゃんに？」

「お前の個展に行ってくれって、杉田さんに頼まれたんだ、俺」

「う、嘘……！　去年の個展ですよね？」

「ああ。杉田さん曰《いわ》く、日鞠が自分から見にきて欲しい、って言うまでは見に行けない。でも心配だから代わりに行ってくれないかってことだった」

柚仁は机に立てかけてあった金魚の絵を持ち上げた。その拍子に、机にも積まれていた半紙が、ばさばさと落ちる。

「これは、その個展で買った。買ったのは俺の一存な」

「おじいちゃんは、どうして私の個展を知ってたんですか？　私、実家の誰にも教えてなかったのに」

「お前んちの姉ちゃんたちが情報を仕入れたみたいだな。SNSとかじゃないのか」

「琴美姉と幸香姉が……。私の絵には何の興味もなさそうだったのに、そんな」

「皆、お前の知らないところで心配してたんだろ。口には出さなくてもさ」

さっさと結婚しなさいと言ったのも、私のためを思っての琴美姉の言葉だったんだ。幸香姉だって、きっと……

「柚仁も、私のこと気にしてくれてました？」

俯《うつむ》いていた顔を上げて柚仁に訊ねる。

「俺？」

「個展にきてくれたけど……。でも、私に会わずに帰っちゃったんですよね。ひとこと声をかけてくれてもよかったのに」

「……急に声かけたって怪しすぎるだろ。どうせお前、俺のこと見たって思い出しもしなかったろうし。案の定、今の今まで気づかなかったじゃんか」

「う……まぁ、そうですけども」

柚仁は金魚の絵を手に、私のそばへ戻ってきた。淡い色合いが自分でも気に入っていた水彩画だ。売れたことに歓喜して、部屋に帰ってすぐにまた描きたくなって、その日は徹夜したことを思い出す。

「ありがとう、ございます。私の絵を買ってくださって。嬉しいです」

「いい絵だな」

「本当に⁉」

「ああ。いいと思う」

私に向けた穏やかな表情と優しい声に、胸がぎゅーっと苦しくなった。

「俺の正体、ってほどでもないけど、お前が思い出したからといって甘くはしないからな。今まで通り、しっかり仕事しろよ」

「はい。よろしくお願いします」

「お前を解雇するつもりもないから」

「ありがとうございます。ゆう……柚仁」

「いいえ、日鞠」

改めて名前を呼び合うと、幼馴染《おさななじ》みではない、ただの雇用関係に戻った気がして寂しい感じがした。

一日の仕事を終え、檜《ひのき》のお風呂にゆっくり浸《つ》かる。

そして屋根裏部屋へ戻り、窓際で夜空の星を見上げた。八月下旬の夜は、鈴虫の綺麗な声が部屋まで届く。

いい絵だって言ってくれた。柚仁が私の絵を持っていてくれて、大切にしてくれていて……本当に嬉しかった。

＋　＋　＋

幼馴染みだとわかった数日後。

朝食のあとすぐに、鎌倉へ仕事に出かけるという柚仁を玄関で見送る。柚仁は、ぴしっとアイロンのかかった紺色のパンツを穿《は》き、爽《さわ》やかな水色のワイシャツを着て、ネクタイを締めている。パンツとお揃いのジャケットを手に持つ姿は、普通のサラリーマンと変わらない。

珍しい彼のスーツ姿に思わず目を奪われてしまった。いつも、くたっとしたヴィンテージっぽいデニムにTシャツばっかりだもんね。あれも好きだし、書道をするときの作務衣《さむえ》姿も素敵だけど、スーツもすごくカッコいいじゃん。

「じゃあ、ちょっと行ってくるわ」

「あ、はい。行ってらっしゃい」

見とれている場合じゃない。今日はここに雇われてちょうど一か月、待ちに待った大切な日なんだから。

革靴を履いた柚仁は、引き戸に手をかけて顔だけ振り向いた。

「お前今日、どっか出かける？」

「え！　そ、そうですね。今日は一日、家にいようかな～なんて」

「昼メシ買ってくるから、一緒に食べよう。渡したいものもあるし」

「はいっ！　お待ちしております！　いつまでも！」

「なんだそりゃ。じゃあな」

忘れられてなくてよかった～！　渡したいものってアレだよね。念願の、初・給・料‼

雇われている身で自分から聞くのも図々《ずうずう》しいかと思って黙っていたんだけど、どうしよう、ニヤニヤが止まらない。

屋根裏部屋を掃除して、洗濯をする。柚仁の分も洗って干した。冷たい麦茶を飲んで、壁の時計を見上げると、そろそろ一時だ。

外は厳しい残暑で、強い日差しが照りつけている。こんなにいい天気なのに、予報によれば、午後はひと雨降るらしい。

「柚仁、暑いだろうな……」

今のうちに洗濯物を取り込もうか。そう思い立ち上がったとき、がらりと引き戸が開いた音がした。

「ただいまー」

きたー！　畳《たたみ》の上で再度正座をして、彼が入ってくるだろう廊下のほうを向いて待つ。

柚仁の足音が近づいた。

「お帰りなさい」

「悪い、遅くなった。待ったか？」

「待ちました！　でも全然大丈夫です！」

お腹ぐうぐうだけど、そんなのちっとも苦じゃありません。

「冷蔵庫に手拭《てぬぐ》いを冷やしてありますので、よかったら汗拭いてください」

「おう、気が利くじゃん。お前には、これな」

差し出されたのは大きなビニール袋と、大きな紙袋だった。受け取ったそれらは、ずしりと重たい。柚仁はネクタイを緩めて、にやっと笑った。

「さあ、パーティーだ」

「パーティー？　なんのパーティーですか？」

「パーティーっても、買ってきた惣菜《そうざい》とケーキしかないけどな」

「？」

初給料記念パーティー的な？　え、意味わかんないんですけど。

「誕生日だろ、お前」

「え、あ、ええ!?」

言われて初めて気がついた。お給料のことで頭がいっぱいで、そんなことすっかり忘れてた……！

「自分の誕生日忘れてたのかよ。本当馬鹿だな」

「ば、馬鹿は訂正しませんけど、何で知ってるんですか？」

「何でって、履歴書に書いてあっただろ」

「あ、そっか。そうですよね。パーティーってお祝いの……？」

「誕生日パーティーな。俺は着替えてくるから、袋に入ってる惣菜、皿に出しといて」

「……はい」

私の誕生日を覚えていてくれただけではなく、お祝いまでしてくれるなんて。彼の気持ちが嬉しくて、込み上げる涙を堪《こら》えるのが大変だった。

着替えを終えた柚仁が和室に戻る。お惣菜とケーキを座卓の上に並べて、こちらも準備万端だ。

正座をしていた私の前に座った柚仁が、封筒を差し出す。

「あと、給料な。一か月、お疲れさん」

「ありがとうございます！」

両手で受け取り、頭を下げる。

「大事に使えよ」

「はい！」

「そんなに嬉しいか」

「それはもう、はい！」

やったーやったー！　ようやく手にしたお給料！　絶対に半分は貯《た》めるんだ。残りのお金で髪をカットして、新しい洋服と下着も……安いの見つけて買おう。

「よしよし。じゃあ、まずは蝋燭《ろうそく》だな」

柚仁がケーキ用の蝋燭に火を灯《とも》し始めた。こういうときの彼は、とても楽しそうな顔をする。花火のとき同様、わくわくしているのが丸わかりで、こっちまで同じ気持ちになる。

「柚仁の誕生日は、いつでしたっけ」

「俺は六月だ。忘れないで祝えよ」

「はーい」

雲が出てきたのか、部屋が薄暗くなり、蝋燭の火が、室内にいい雰囲気を作り出した。

「蝋燭消せ。ひと息でいけよ」

「はい。あ、でも歌は？」

「は？　歌？」

「ハッピーバースデーの歌です」

「俺が？　一人で？」

「お誕生日以外の人が歌うんですよね。どうせ火を消すなら、その前に歌って欲しいな～なんて」

「……」

こわっ！　久しぶりに睨《にら》みつけられたよ。

何度か深呼吸した柚仁は、小さい声で渋々歌ってくれた。

美味《おい》しそうなケーキの上でゆらめく炎が綺麗。白いプレートに「お誕生日おめでとうひま」と記されている。小さい頃の「ひま」の呼び名で書いてあるのが嬉しかった。蝋燭は長いのが二本、短いのが五本、ケーキの上に立っている。私の歳の数に合わせて、ちゃんと買ってきてくれたんだ。

優しいね、柚仁。

きっと小さい頃も、そうやって私の面倒を見てくれていたんだろう。愛想がなくて、俺様な話し方だから最初はわかりづらかったけど、柚仁は――

ふーっと息を吹きかけて、蝋燭《ろうそく》の火を消していく。なかなか消えない一本があって、思わず顔を見合わせて笑った。その最後の一本は一緒に息を吹いて消した。

「一番いいとこ切ってやる。どこがいい?」

「苺が大きいところ!」

「よーし、待ってろよ」

柚仁は眉を寄せて、真剣にケーキへ包丁を入れている。大きく切って、お皿にのせてくれた。

「美味《おい》しそう! でも、こんなに食べられるかな」

「食え食え。誕生日くらい、いっぱいケーキ食え」

「そうですね。ごはんの前に、ちょっとだけ食べちゃってもいいですか?」

「おう。俺も食う」

「いただきます! ……ありがとう、柚仁」

「どういたしまして」

フォークにケーキを刺した彼は、口いっぱいに頬張って、美味しそうに食べた。私も彼の真似《まね》をして、ケーキを口いっぱいに入れる。

「甘くて美味しい～！」

「しつこくなくていいな」

柔らかめの甘い生クリームは、舌の上でするすると溶けてしまう。

柚仁は――優しくて、男らしくて、魅力的な人だよね。私が気づかなかっただけで、きっと昔から、ずっとそうだったんだ。

「最近、いろいろ思い出しているんです。柚仁と遊んでた頃のことを」

「思い出せたのか？」

「断片的にですけど……。私、花岡家に遊びにきたことって、ほとんどなかったですよね？」

柚仁とおじいちゃんちで遊んだことは、写真を見たせいか、何となく記憶に残っていた。おじいちゃんちの庭や、家の中でかくれんぼしたり、ゲームをしたり。近所を散歩したこともあった。

「日鞠と遊んだ場所は、杉田さんちと、近所の公園くらいだな。俺がここへ戻ってきたとき、公園はなくなっていた。俺のじいさんは家で仕事をしていたから、子どもを上がらせなかったんだろうな」

「あ、でも、文鳥がいましたよね？　それは思い出したんです」

「あー、文鳥いたな。番《つがい》で飼ってたんだ」

「私の手にのせてもらったんです。もしかしてその人が……籐仁先生だったのかも」

小さくて、ふんわりしていて、小鳥の足が手のひらの上でくすぐったかったのを覚えてる。

「かもな。文鳥はじいさんが可愛がってたから」

「そうなんですか」

「懐かしいな」

柚仁が嬉しそうに笑った。

彼の思い出の中に私がいることが、心を温かくさせた。幼い日のことを、この人のことを思い出せて、本当によかったと思う。

もうひと口、ケーキを食べようとしたとき、遠くからぱたぱたと小さな音が聞こえた。

「雨か？」

「あ！　洗濯物！」

取り込もうとしていたのに、お給料とケーキに浮かれて忘れてた！

広縁《ひろえん》まで走っていき、庭へ飛び出す。柚仁も一緒にきてくれた。大粒の雨が私たちに降ってくる。

「きゃー！　雨が雨が！」

「口より先に手を動かせって」

「濡れちゃう濡れちゃう！」

　物干し竿から、ひったくるようにしてピンチハンガーを外し、広縁へ置く。柚仁は一枚ずつハンガーにかかったTシャツ類一式を持ってくれた。最後に残ったバスタオルを取り込む。残念ながら、バスタオルだけ湿ってしまった。

「お、お布団干してなくて、よかった……」

　ぜーぜーしながら広縁に座る。柚仁も隣に腰を下ろした。

「あー疲れた」

「ありがとうございました」

「お前がきてから、毎日騒がしいよな」

「す、すみません」

　確かに、いろいろやらかしてるかもしれない。

「俺はそのほうが楽しいからいいけど」

「え」

　柚仁は洗濯ピンチからハンドタオルを外して、雨に濡れた私の頬を優しく拭いてくれた。

　私を見つめる瞳に胸がきゅっと痛くなる。頬も、熱い。迷惑だって言われるかと思ったのに……

髪もさっと拭いてから、彼は立ち上がった。

「バスタオルは、あとでもう一回洗濯機回して、乾燥しとけ。他の洗濯物は無事だな？」

「……はい」

「何だよ？」

「う、ううん、別に」

「メシ食うぞ。パーティーの続きだ」

「はい」

思わず……好きって、言いそうになってしまった。

ここを出て行く資金が貯《た》まって、恋という文字を教えてもらえるくらいに字が上手になって、絵を描くための筆を持てるようになったら、気持ちを伝えてみようか、なんて思ってた。でもそんなのいつになるかわからないし、それまで我慢できるか自信がない。

だってあまりにも、柚仁が素敵な人だって、気づいてしまったから。

＋　＋　＋

風が秋の気配を纏《まと》い始めた、九月初旬の土曜日。

数回目の個人授業のため、私は夕飯の支度を終えて書道教室に向かっていた。もう八時半になるから、生徒さんは誰もいないはず。

柚仁を独り占めして書道を習えるこの時間が、とても好きだった。普段も二人っきりだけど、独り占めという感じではない。柚仁はいつも、何だかんだと忙しそうにしてるし、時間があれば畑にいるし。

彼のことを好きだという気持ちは日ごとに増していた。一方、柚仁はいつも通り顔色ひとつ変えずに私と生活をともにし、書道も教えてくれている。最近は私に触ることもなくなってしまった。もう興味は失《う》せてしまったのだろうかと、私は寂しさの入りまじる複雑な気持ちを抱えていた。

「?」

中から話し声が聞こえたので、書道教室の引き戸のそばで立ち止まる。

「五月女さん」

柚仁の声だ。……何をしているんだろう。

悪いと思いつつも、扉のそばから離れられなかった。聞き耳を立てて彼らの言葉を拾う。

「お時間を取らせてすみません、花岡さん」

「いいえ」

「単刀直入にお伺《うかが》いします。花岡さんは、お付き合いなさっている方がいらっしゃるんでしょうか？」

心臓がどきーんとした。柚仁の付き合っている、人？　そんな人がいる気配は感じたことがなくて、想像したこともなかった。そして、このシチュエーション……。五月女さん、もしかして。

「いや、いませんけど」

あ、いないんだ。そうだよね。いたら私みたいな家政婦雇ったりしないよね。でも、でも五月女さんは……

「でしたら花岡さん……私と、お付き合いしていただけませんか」

彼女の真剣な思いが耳に届いて、胸が張り裂けそうになる。

やっぱりダメだ。立ち聞きなんてよくない。その場を離れようとしたときだった。

「花岡さんに婚約者の方がいらっしゃるというのは聞いています。でも私、どうしても諦められなくて」

彼女の信じられない言葉が私の足を止めた。

婚約、者……？

「五月女さん、俺は」

「待ってください、まだ言わないで。もし、もしも私でよかったら……明日のお祭りにきて欲しいんです」

「祭り？」

「ええ。六時半に神社の夜店の入り口で待っています。もし花岡さんがいらっしゃらなかったら、そこできっぱり諦めます。書道教室も辞めますので」

柚仁は声を出さない。私の心臓が、大きく鳴っている。

「では失礼します……！」

五月女さんの声と同時に、咄嗟《とっさ》に向かいの和室に駆け込んで身を隠した。彼女が廊下を去って行く足音が響く。玄関の引き戸が開いて、閉まった。

私に宣言したことを、五月女さんは実行しただけだ。彼女が柚仁のことを好きだというのは、前からわかっていたこと。だから、私に落ち込む資格なんてない――

真っ暗な和室でしゃがんで、頭を膝にのせる。混乱している私は、しばらく立ち上がれなかった。婚約者、って誰……？　柚仁、五月女さんのところに行っちゃうの？　それとも……

聞きたいのに聞けない。

だって私はただの家政婦で、ただの……幼馴染《おさななじ》みにすぎない存在だから。

＋　＋　＋

洗面所で柚仁が顔を洗っている。今日は休日だ。

「おはようございます」

「おう、大丈夫か?」

「はい、昨夜はすみませんでした。もう治りました」

意気地なしの私は昨日、具合が悪いからと書道の練習をさぼってしまった。

タオルで顔を拭く彼の横で、歯ブラシを手にする。いろいろ気になって、あんまり眠れなかった……

「これから散歩に行くけど、お前も行く? 寝てるか?」

「え」

散歩に行くのは、足を痛めた日以来だ。あれから柚仁は畑仕事が忙しくて、朝の散歩はしていなかった。もちろん、私も。だから柚仁のこの誘いは、純粋に嬉しい。気まずい思いをしているのは私だけなんだし――

「うん、行きます」

「んー。じゃあ十分後、玄関に集合な」

「はい」

柚仁と一緒に海に行くまでは、と思い、大切に取っておいた桜貝色のビーチサンダル。

あれを履いて行こう。

家を出て、道を歩きながら自分の足元を何度も見てしまった。実際履いてみると、さらに色が可愛く見えて、顔が綻《ほころ》んでしまう。それにしても、本当に全然足が痛くならないから驚きだ。大事に使って、来年の夏も絶対履くんだ。

「……」

来年の夏……。その頃私は、どうしているんだろう。柚仁はいつまで私を雇ってくれるつもりなのかな。昨夜の不安が、波音とともに胸に押し寄せた。

砂浜に下りた柚仁のあとをついて行く。彼も今日は下駄《げた》ではなくビーサンを履いていた。私と色違いのカーキで、鼻緒が黄色のもの。

犬を連れた人が砂の上を散歩していた。夏の盛りをすぎた海は、何となく寂しい。晴れた朝の光を受けて輝いているけれど、そこに吹く風の匂いがいつの間にか変わっていて、胸が切なくなる。早朝の海は、Tシャツだと肌寒いくらいだった。

波の音を聞きながら、砂に視線を下ろす。太陽の光に反射した小さいものが目に入った。

「あ、桜貝」

ビーサンとお揃いの淡いピンク色をしている薄くて小さな貝殻を、しゃがんで拾った。

「もっとないかな～」

柚仁が振り向いた。

「お前、それ好きなの？」

「はい、小さくて可愛いから」

「んな、ゴミみたいに小さいのよく拾ってられるな」

「ゴミ言わないでください、失礼な」

もうひとつ見つけて、つまむ。ふと、幼い頃にこんなふうに柚仁と一緒に砂をいじったような気がした。

「柚仁と一緒に、おじいちゃんに砂浜へ連れてきてもらったことが、あったような」

「何回かあったよ」

「ですよね。それで確か」

私が砂山を作ったんだ。そしたら柚仁が……

「日鞠が作った砂山に、俺が上から飛び乗ったら全部崩れてさ、お前大泣きしたんだよ」

柚仁が楽しそうに私の顔を覗き込んだ。

「ひ、ひどい。それ、何となく覚えてます」

「全然泣きやまなくて、あのあとずーっと謝ってたんだぞ、俺」

「謝って当然です」

今度おじいちゃんに、そのときのことを確認してみよう。

波打ち際へ寄ると、透明で柔らかそうなものが打ち上げられていた。丸くてぷよぷよな感じの大きなかたまりだ。

「これ、何だろう？」

「海月《くらげ》だろ、知らねーの？」

「え！　こ、こんな大きいんですか……。ていうか、いっぱい落ちてる」

砂浜の遠くまで、その海月と思われるものが点々と落ちていた。こんな時期に海にきたことはなくて、知らなかった。

「あれ、柚仁？」

海のほうを見ていたら、横にいたはずの彼を見失った。大きく吹いた風に目を閉じて、渇いている砂のほうへ後ずさる。

「日鞠」

柚仁の声に振り向くと、顔の前にぷよぷよの大きな何かが……！

「ぎゃーー！」

びっくりしすぎて、逃げようとした拍子に砂に足を取られ、尻餅《しりもち》をついてしまった。

「あたー！　い、たた……」

何なのこの男はーー‼　太い枝を拾ってその上に海月をのせ、私の目の前に突き出したらしい。

「ははは っ！　お前、ほんっと馬鹿だな～！」

海月と枝を砂の上へ放り投げた柚仁が、お腹を抱えて大笑いしてる。

「な、なんでいつも、そういうことするんですかっ！　トカゲのときといい……！」

「面白いから。あー笑いすぎて腹痛い」

からかったり意地悪したり、小さい頃から全然変わってない！

両手についた砂を払う。湿った場所じゃなくてよかった……。

「手、貸せ」

差し出された大きな手に掴まって立ち上がる。ビーサンの中にもたくさん砂が入ってしまった。

「後ろ向け」

「後ろ？」

言われた通り彼に背を向ける。

「きぃやぁああ！」

ぱんぱんと、私のハーフパンツのお尻を叩かれた！　それも何かすごい触り方なんですけど！　手が、手がっ！

「何だよ」

「か、勝手にお尻触らないでくださいっ！　何回もっ！」

「砂を払ってやったんだろが。撫でたり揉んだりしたわけじゃあるまいし」

「！」

　そりゃ撫でたり揉んだりはしてないけど、ちょっと鷲掴《わしづか》みにしてなかった？　まだ感触が残ってるんですけど。こんなの、柚仁にとってはたいしたことじゃないんだと思った途端、悔しくなる。

「……そういうことは、婚約者さんに、してください」

「婚約者？」

「柚仁、こ、婚約者がいるんでしょ」

　私、今嫌な顔してる。何でもないフリして言いたいのに、不機嫌な顔になってる。

「誰に聞いたんだ、それ」

「え」

「誰に聞いたんだ、って言ってるんだけど」

　手についている砂を払いながら、柚仁が再度問いかけてきた。柚仁と五月女さんの会話を立ち聞きしていたことがバレてしまうのはまずい。ど、どうしよう……

「お、おじいちゃん……かな？」

「杉田さんが？」

　咄嗟《とっさ》に出てしまった……！　おじいちゃん、ごめん。

「杉田さん、何か勘違いしてないか？　俺に婚約者なんていないけど」

「本当に⁉」

「いないよ。っていうか、そういう噂でもあんの？　五月女さんにも聞かれたな、それ」

彼女の名前を口にされ、胸がずきんと痛んだ。

「五月女さん、に？」

「ああ」

両腕を上げて伸びをした彼は、その続きを口にすることなく、海へ視線をやった。

五月女さんの名前が出たついでに、彼女のことも聞いてみたくなった。でも、できない……

「本当に、いないんですよね？」

私に聞けるのは、これが精いっぱいだ。

「いないって言ってんだろ。何でそんなに拘《こだわ》るんだ？」

「い、いえ。別に」

「帰るぞ、ほら」

振り向いた柚仁が、いつものように手を差し出した。その手を握って、砂浜の上をさくさくと歩く。相変わらず速い足取りに、一生懸命ついて行く。私の手を握る彼の手に力がこもった。握り返してみると、応えてくれたのか、もう一度強く握ってくれる。

柚仁。今夜、五月女さんのところに行くの……？


「そうめんも、今年はこれで終わりだなー」

「ですねー。朝夕は結構涼しいですし」

早目の夕飯にしようと言って、柚仁がおそうめんを茹《ゆ》でてくれた。時刻は六時をすぎている。五月女さんが柚仁に指定した時間は六時半だったはず。

「後片づけします。ごちそうさまでした」

「おう」

洗い物を始めても、彼が出かけてしまうのではと、気が気じゃない。

しばらくして、柚仁が麦茶の入れ物を冷蔵庫へ片づけにきた。

そろそろ六時半になると思うのだけど、まだ柚仁は家にいる。ということは、もうお祭りには行かないということだろうか。ほっと息を吐きつつ、五月女さんの姿が頭に浮かんだ。お祭りの場所で、柚仁がくるのを待ち続ける彼女が……

「日鞠」

「あ、はい」

「俺ちょっと出かけるから、戸締り気をつけろよ」

「え」

私の手から力が抜け、スポンジがシンクに落ちた。

「どこに……？」

「すぐそこ。帰りはそんなに遅くならないと思う」

「そう、ですか。……行ってらっしゃい」

「ああ、行ってくる」

本当に？　本当に行っちゃうの……？

遠くで玄関の引き戸を開け閉めした音が届いた。

「う……」

食器洗いのスポンジの上に、涙がぽとんと零れ落ちた。

片づけを済ませ、気を紛《まぎ》らわすためにお風呂へ入った。お湯から上がっても柚仁は帰っていない。もう、七時半をすぎている。和室にぺたんと座って俯《うつむ》いた。

「……二人で夜店を回ってるのかな」

呟《つぶや》くと、目に涙が浮かんだ。

婚約者はいないと、柚仁は私に言った。

でもそれが何だというの？　彼は今、五月女さんに会っているはずだ。付き合う気があったら、お祭りにきてほしいと彼女は言っていた。そこに柚仁が行ったということは――

一時でも安心した自分が情けなかった。

涙を拭いたとき、がちゃがちゃと鍵を回す音がした。

思わず立ち上がり、廊下へ駆け出す。私が玄関の明かりを点けたと同時に、柚仁が引き戸を開けた。

「ただいま」

「お帰り、なさい」

「やる」

柚仁から小さなビニール袋を差し出される。ビーチサンダルを買ってきてくれた、あのときみたいに。

「お前、金魚好きだろ」

袋に入った水の中で朱色の魚が二匹、泳いでいる。

夜店に行ったんだね、柚仁。五月女さんと一緒に、この金魚をすくったの？

「……好きじゃないのか？」

黙っている私に柚仁が戸惑うように聞いた。優しい声に思わず涙ぐむ。泣いちゃダメ。

「ううん、すごく……好きです」

「何泣いてんだよ。そんなに好きなのか、金魚」

「うん、好き。大好きなの」

――柚仁のこと。

そもそも、おじいちゃんが間に入っているから、私たち二人に問題が起こることはないって、契約の時点で柚仁に言われていたはず。それに安心したからこそ、私はここで働くと決めたのに。勝手に柚仁を好きになっておいて振られたからって泣くなんて、私馬鹿みたいだ。

「バケツお借りしますね。そこに移します。ありがとう」

彼と入れ替わりに外へ出て、バケツにお水を汲《く》み、そこに金魚を移す。

玄関に戻り、三和土《たたき》の上に置いた、バケツで泳ぐ金魚を眺める。

朱《あか》くて小さくて細い。お祭りの金魚って意外と大きくなるんだよね。おじいちゃんちに鯛《たい》かと思うほど巨大化した金魚がいたっけ。あれどうしたんだろう。まだ生きてるのかな。長い時間思いにふけっていると、お風呂から上がった柚仁が私のそばにきて、一緒に金魚を眺める。

「涼しくなってきたってのに蚊がいるな」

「どこにいました？」

「風呂場と、奥の和室。蚊取り線香切らしてるんだよ。そろそろいらないかと思って、買い足してなかった」

「電気のは？」

「ない。蚊取り線香が好きなんだ、俺」

「そうなんですか」

そこも拘《こだわ》るのね。

というか……今は柚仁の顔を見たくない。もう屋根裏部屋に行こう。そう思ったのに――

「つーことで、日鞠手伝え」

「え？」

「俺、蚊がいると朝まで眠れないんだよ」

いいからこいと言われて、庭に面している和室へ向かった。畳《たたみ》の上に緑色の網みたいなものが置いてある。

「これ、何ですか？」

「蚊帳《かや》出しといた。吊るすの手伝ってくれ」

「これが蚊帳!?　初めて見ます」

感心する私をよそに、彼は慣れた手つきで蚊帳を吊り始める。部屋の中にもうひとつ、涼しげなお部屋ができたみたい。

「よーし、いいな」

「本当にこれで蚊が入ってこないんですか？」

「多分な。今夜は、お前もここに入れ」

あまりにも普通の口調で言うから、一瞬何を言われているのかわからなかった。

「……え？」

「もう一組布団あるから持ってきてやる。蚊に刺されないように、お前もここで寝ろよ」

「え、あの、ちょっと」

う、ううう、嘘でしょ？　と思いつつも、なぜか断れなかった。

しんとした部屋は、虫の声だけが響いている。今夜はとても涼しくて、エアコンはもちろん、窓を開ける必要もない程だ。障子《しょうじ》越しの月明かりが、私たちが寝ている蚊帳《かや》の中をほんのりと照らしている。チラリと横を見ると、柚仁はこちらに背を向けていた。

確かにこの中に蚊はいないようだけど、緊張して逆に眠れない。

「おい」

「わ！」

突然声をかけられて心臓が飛び出そうになった。寝たかと思ったのに……！

「何だよ、びっくりしたな」

「こっちの台詞《せりふ》です。お、起きてたの……？」

「起きてた。お前に聞きたいことがあって」

「聞きたいこと？」

「ああ。そっち行く」

「そ、そっち？　って、え」

むくりと起き上がった柚仁が、私の布団に近づいてきた。ちょ、ちょっと待って。声も出せずに、薄がけのはじっこを握りしめた。飛び出しそうになった心臓は、まだ大きな音を立て続けている。

柚仁は私に覆い被さるようにして、低い声を出した。

「何で泣いてた？」

「え」

柚仁の顔が目の前に……！　お風呂上がりの彼の香りが私を包む。

「さっき金魚渡したときだよ。何で泣いたんだ、お前」

「あれは……き、金魚が好きだから、です」

「んなわけねーだろ」

不機嫌な声で言った柚仁が、私の両方の手首を掴んで敷布団へ押しつけた。彼の息が耳にかかる。

「教えろよ」

「ゆ、柚仁」

頭の中が混乱してる。急にどうしちゃったの？

身を縮めて言葉を探す私の耳を、彼が甘噛みした。

「あ……っ」

思わず漏《も》らした声に、彼の手の力が強まる。

「教えないと襲うぞ、本気で」

私の耳から離れた柚仁の唇が、今度は首筋に辿り着いた。

「や、柚仁」

頭を横に振っても、彼は全然離れてくれない。逆に唇を強く押しつけられてしまい、そこから体中が火照《ほて》っていくのを感じた。

「約束が、違いま、す……んっ」

「口にキスしてないし。お前が教えてくれるまでは、やめない」

首にキスしてたら同じだと思うんだけど……

まだ湿っている柚仁の髪が私の頬に触れた。彼は私の首全部に、ちゅっちゅと音を立てながら唇を押しつけている。抵抗したいのに……柚仁の温かい唇に感じてしまって力が入らない。

「ん……ん」

「……日鞠」

柚仁が私の頬に自分の頬を擦《す》りつけてきた。私の名を呼ぶイイ声が、耳から首筋までをぞくりとさせる。

「ん……っ」

我慢してるのに、甘い息が漏れてしまう。私の体に触れる柚仁の息も上がってきたのがわかった。

大好きな人に、こんなことされたら嬉しいに決まってる。彼の体温を感じながら、幸せな気持ちと切ない気持ちがまじり合って、泣き出してしまいそうだった。

でも、こんなの違う。

「こういうの、ダメ、です……！」

手首をふりほどいて、彼の肩をぐいと押した。一度顔を上げた柚仁が再び私の首に顔を埋める。いつの間にか薄がけは横にどかされていた。柚仁の膝が私の足の間に入り込み、大きくひらかせようとする。

「ダメじゃない」

「ダ、ダメなの！」

唇を噛み締め、彼を睨《にら》むように見つめた。

そう、ダメなんだよ。

何も知らない振りをして、流されるままに柚仁に抱かれたいというずるい欲求が、私の中にあることは確かだ。でもそれじゃ、自分の決意が無駄になる。花火をしながら彼が言ってくれた言葉も、私のために書道を教えてくれようとした柚仁の思いも。全部が無駄になってしまう。

「泣いた理由を俺に話すのが、そんなに嫌なのかよ……！」

初めて聞く彼の切羽詰《せっぱつ》まった声に、心がぎゅっと掴まれた。

どうしてそんな声を出すの、柚仁。柚仁こそ、何で、そんなに聞きたがるの。

ふと、心の中に疑問が起きた。

五月女さんと付き合うことにした柚仁が、その日のうちに私に手を出すようなことをするだろうか。彼がそんなことをする人だとは思えない。ううん、思いたくない。

「日鞠、返事しろよ」

低い声を出した彼が、私の瞳の奥を覗き込む。

柚仁が五月女さんとどうなったのか、はっきり訊ねたいのにできない。それは、今の自分に自信が持てないからだ。自分に向き合っている途中で、まだ何も乗り越えていないのに、彼に正面からぶつかることなどできない。

静かに息を吸い込んで、彼の瞳を見つめ返した。

「嫌だとかじゃなくて、自分にけじめをつけたいんです」

「けじめ……？」

「これは真剣な話だから、聞いてください」

私に触れていた柚仁の手が、そこでようやく動きを止めた。

「今の私は何もかも中途半端で、そんな自分に納得がいっていない状態です」

「……」

「だからもう少しだけ、時間が欲しいんです」

口に出してみると、見えなかったものが少しずつ鮮明になっていくようだった。

「自分自身にケリをつけられたら、真っ先に柚仁に話します。聞いて欲しいこともありますし、柚仁に聞きたいこともたくさん……ありますし」

暗闇に慣れた私の目に、彼の瞳の揺らぎが見えた。

「そのあとで私を襲うなり、解雇するなり……お好きなように、どうぞ」

「何だよ、それ」

「今はそれしか言えません。ていうか、うやむやなままこういうことするの……嫌なの」

うやむやじゃなければいいのか、と言ったらそれも違うけど。柚仁のことがわからなくても、まずは自分を何とかしたい。しなくては、いけない。彼に自分の気持ちをぶつけるためには、そうする他はない。

しばらく黙っていた柚仁が、大きく深呼吸をして、体を起こした。

「わかった。じゃあ俺もけじめつけるわ」

蚊帳《かや》に差し込む薄明かりが、そばに座った柚仁をぼんやりと浮かび上がらせている。

「え、何で柚仁が？」

「確かに中途半端はよくないよな。日鞠の言葉で目が覚めた。ケリ……つけないとな」

髪をかきあげた柚仁が苦笑した。

「何にけじめをつけるんですか？」

「お前が話してくれたら、そのとき俺も教えてやる。だから絶対教えろよ？　いいな？」

「……わかりました」

柚仁のけじめが何なのか、とても気になる。でも私が待ってもらうのだから、一方的に聞くわけにはいかない。

「約束破るなよな」

さっと立ち上がった柚仁は、何事もなかったかのように自分の布団へ戻ってしまった。いつもそうだけど、彼はこっちが戸惑うくらい気持ちの切り替えが早い。

「じゃーおやすみ」

「……」

私の言葉を真剣に聞いて、理解してくれたのは嬉しい。でも、こうなったらこうなったで寂しい気がするのは、恋する乙女心のせいだろうか。……複雑。

黙っている私に、寝転がった柚仁が続けた。

「何だよ。して欲しかったのか？　ほんとは」

「そ、そういうんじゃないです、けども。おやすみなさい」

「んー」

あのまま続けていたら、今頃どうなってたんだろう……などと想像して首をぶんぶん横に振った。自分への甘さを克服しないとダメだって、彼にも自分にも宣言したばかりじゃない。

秋の夜の虫の鳴き声を聞きながら、私は固く目を閉じた。

翌日からはいつも通り、掃除、洗濯、ごはん作りに勤《いそ》しんだ。

浮わついた気持ちをかき消すように書道にも熱心に取り組んで、店番のときは時間が空いたら書道道具について勉強した。柚仁とは極力普通に接し、彼もまた自然に接してくれる。少しだけ距離ができた気はするけれど、集中したい私にとっては、かえってそのほうが都合がいい。

そして休日になると、私は一日屋根裏部屋にこもった。散歩に出かける柚仁について行くことも、畑仕事に関わることもなく、コンビニで買ってきた食事をそこで食べ、私はひたすら自分に向き合っていた。

押入れの奥の段ボールから、画材一式を取り出した。まずは部屋の床に並べてみる。道具に触ることに慣れるだけで、一日がすぎた。

次の休日。何を描きたいのか文字で書きだしてみる。まだ絵は描かない。

その次の休日。試しに鉛筆描きをしてみる。ほんの少しだけ。

また次の休日。鉛筆描きを進める。冷や汗が出ることはなく、嫌な思いも浮かばなかった。

そして次の休日……と、こんなふうにして私は、少しずつ絵を描くリハビリに取り組んだ。柚仁に教えてもらっている書道も進んでいき、小学二年生の後半辺りのレベルになっている。

私にとって、描くことと書くことは、方法は違っても根本は同じように感じたんだと思う。だから書道を進めていくうちに、絵を描くことに抵抗感が薄れていったのだろう。

さらに、柚仁に思いを伝えるためだと必死になれたことが効果的だったのかもしれない。

週三回の休日は、こうして絵に向き合う時間となった。今では水彩画の筆を手に取っても、震えずに使える。

書道も彼の近くでドキドキしている場合ではなく、字を書くことだけに集中した。

本当に少しずつ、少しずつだけれど、筆を使って絵を描く時間が増えていき、ようやく一枚、二枚と描けるようになっている。

乗り越えていける自信を、何とか取り戻せそうだった。

＋　＋　＋

「最近休みの日に何やってんの？」

九月最終日の休日の朝。柚仁は小鉢に入った納豆を、お箸《はし》で丁寧にぐるぐる回している。納豆には地元のしらすと、あおさを入れた。こうすると風味が増して、とても美味《おい》しい。

「いろいろ、です」

「ふーん。ま、頑張れよ」

気づいたのか気づかないのか……彼の発した意味深な言葉を受け止める。

「頑張ります。柚仁はお休みの日、何してるんですか？」

「ほとんど畑だな。夏野菜は終わりだから、次のをいろいろと」

「今度は何を作るんですか」

「ほうれん草とネギは仕込んだ。大根とにんじんも作りたい。来年の夏は枝豆と、とうもろこしが目標だ。それにはもっと畑の範囲を広げてだな……」

来年、か。柚仁の作った枝豆を、できればここで一緒に食べたい、けど。

「お前、最近料理上手になってきたじゃん」

「え！　ほ、本当に⁉」

「ああ、美味《うま》いよ」

珍しい柚仁の優しい微笑みに体中が熱くなる。

お味噌汁を飲み干し、ごちそうさまをして食器を手にした。

「私、ちょっと出かけてきますね」

「お前、鍵は持ってるよな？　俺もあとで出かけるから」

「はい」

五月女さんは、夜店の日をすぎた土曜日に一度書道教室にきて、それ以降ぱったりと姿を見せなくなってしまった。柚仁は柚仁で、彼女の名前を出すでもなく、今まで通りに私を雇って、こうして一緒に生活している。結局二人がどうなったのか、よくわからなくなってしまった。かといって、柚仁から私にアプローチがあるわけもなく……私は現状を、はかりかねていた。

ロンTにジーンズ、スニーカーの恰好で私は玄関を出た。

「さすがにビーサンはもう寒々しいよね」

柚仁は冬も下駄《げた》履いてるのかな。彼の冬の服装を想像して苦笑する。

彼に教えられた近道で海まで歩いた。

砂浜に下りて海を眺めると、波の音を大きく感じた。夏よりも、波の高さがある気がする。季節外れの海に一人でくるのは、ちょっぴり心細い。

「もういないね、海月《くらげ》」

落ちているのは流木と海藻ばかり。遠くに、ウィンドサーフィンをしている人たちが見えた。家を出るときには晴れていた空に雲が出始め、海の色が薄い灰色に変わっていく。

「……桜貝」

砂から顔を覗かせていた桜貝は、拾い上げると半分に割れていた。失恋した心の形みたいに思えて泣けてくる。

柚仁に気持ちを告白しても、迷惑がられるだけかもしれない。でも、めそめそしてても仕方がない。私は、自分のやれることを精いっぱいやるだけだ。

砂浜を離れ、海とは反対方向に歩き出す。

柚仁が前にコーヒーをごちそうしてくれたカフェの前で立ち止まり、思い切って扉を開けた。お店に入った途端にパンの香ばしい匂いとコーヒーの香りが鼻をくすぐる。

「いらっしゃいませ～。あ、こんにちは！」

「こ、こんにちは」

笑顔の素敵な、がっちり体型のサーファーっぽい店員さん。どうやら私のことを覚えてるらしい。窓際に座ると、グラスに入ったお水を差し出された。

「今日は花岡先生とご一緒じゃないんですね」

「え、ええ。まぁ、はい」

店員さんは私を見てにこにこしている。

「あの、カフェオレください。あったかいの」

「かしこまりました」

天井でシーリングファンがゆったりと回っている。海に似合う心地よい曲が店内に流れていた。お客さんは私の他に二組。通勤時間をすぎて、比較的人の少ない時間なのだろう。

「お待たせしました。カフェオレです」

ぽってりとした白いカフェオレボウルに、なみなみとカフェオレが注がれていた。もわもわと湯気が立ち昇っている。いい香り。

「美味《おい》しそう」

「美味しいですよ～！　サービスでたっぷりにしておきましたからね」

店員さんの真っ白い歯が覗く笑顔に、私も笑顔で返した。こういう優しいお兄さんっぽい人って、柚仁とは正反対のタイプだ。

少しだけ、聞いてみようか。

「あの、花岡さんて、こちらによくいらっしゃるんですか？」

「そうですね～。一年前くらいからかな？　早朝に一人でいらっしゃるようになりました。昼間や夜はこないんですよね。いつも一人だったので、あなたといらしたときは驚きましたよ」

「そうなんですか」

意外。誰かときていそうなのに。

「でも、あれ以来、あなたがここにいらっしゃらなかったんで、一人でいらした花岡先生に、可愛い彼女お元気ですか？　って聞いたんですよね」

「はぁ」

お世辞でも可愛いって言われると照れますね、うん。

「そしたら花岡先生、珍しく不機嫌になっちゃって」

「え」

声を落とした彼に合わせて耳を傾ける。

「可愛い可愛い言われるなら、もう連れてきたくないって。花岡先生って結構アレなんですね～ははは」

かったな。

「あ、はーい！　ただいまお伺《うかが》いしまーす！　では失礼します。ごゆっくり」

サーファー店員さんは、にっこり笑ってその場を去った。話の続き、もっと聞きた

奥の席から、店員さんを呼ぶお客さんの声が届いた。

「すみませ～ん」

アレ、とは？

「……アレ？」

ふうふうと息を吹きかけ、熱いカフェオレをひと口飲む。ミルクのたっぷり入った甘いカフェオレは、海風に冷えた体をじんわりと温めてくれた。

あともう少しで仕上がる。彼に対する私の思いが叶うことはなくても、無駄なことをしているわけではないはず。そう思って、頑張ろう。

カフェから家に戻ると、柚仁はいなかった。

それから私は屋根裏部屋にこもり、夕ごはんも食べずに描き続け、気づけば夜の十時を回っていた。一時間ほど前に柚仁が帰ってきたようだけど、お互い声をかけることもしなかった。

開けていた窓から入る秋の夜風は、ひんやりとしている。

「できた、かな。うん、できた……！」

何度も失敗し、何枚もの紙を使って描き直した、二枚の水彩画。

思い出の、なんて言ったら大げさかもしれないけれど……私にとっては大切な時間を心を込めて絵にした。

まだ感覚が取り戻せなくて到底納得のいく出来ではない。ただ、描くことができた。

それを柚仁に知って欲しい。伝えたい――

＋　＋　＋

柚仁の「けじめ」が何なのか、考えれば考えるほど最悪なことしか思い浮かばず、私はせっかく絵を仕上げたというのに、彼とそのことについて話ができずにいた。

迷っている間に一週間がすぎ、十月になった。そして再び訪れた日曜日。

屋根裏部屋で朝食のパンを食べ終え、マグカップを洗いにキッチンへ行く。シンクに置かれた柚仁が使ったらしいお皿もついでに洗った。

思い切って今日辺り話してみようか。いつがいいだろう。朝よりも夜？　それとも……。いろいろ考えながらタオルで手を拭いていた、そのとき。

「ひゃっ‼」

後ろから二の腕を掴まれた。驚いて振り向くと、そこには案の定……

「おい。まだかよ、けじめ」

柚仁はものすごく不機嫌そうだった。

「も、もう少しです」

「何だよ、俺のほうはもうついてんのに」

既に……!?

「柚仁のけじめって……何、ですか」

「お前が教えてくれたら話す、って約束だろ」

「まぁ、そうですけども」

彼は私の腕を放して、冷蔵庫に向かった。

うじうじしてても結果はきっと同じなんだ。だったらいっそ、さっさと玉砕したほうがいいのかもしれない。息を深く吸い込んで、ゆっくり吐き出した。

……よし、当たって砕けろ！

「柚仁‼」

彼の青いパーカの背中を、手のひらでバンと叩く。

「いでっ！　何だよ」

「ちょっと広縁《ひろえん》で待っててください！　けじめ、ついたから‼」

「……わかった」

屋根裏部屋に駆け上がり、ローテーブルの上に置いていた二枚の絵を手にした。

柚仁が五月女さんと一緒にいる決意をしたのなら、それを受け止めよう。つらいけど、彼が幸せなら、それでいい。私は私で、自分の道に一歩踏み出せれば、それでいいんだ。

柚仁は広縁に腰を下ろして庭を見ていた。

「お待たせしました」

「ああ」

私を振り向いた彼に二枚の絵を差し出す。額《がく》に入れるのも何だか違う気がして、描いたそのままの状態だ。

「これ、柚仁に」

「お前が描いたのか?」

「はい。感覚が戻らなくて、作品と呼ぶにはまだ満足していないですが、これが今の私の精いっぱいです」

立ち上がった柚仁は絵に視線を落とし、何度も頷いた。何度も。

「江の島の灯篭《とうろう》と、こっちは……海月《くらげ》か?」

「そうです。ここにきて印象深かったことを絵にしてみました」

柚仁との思い出を。

画面いっぱいに、その思いをのせた。

「灯篭《とうろう》、綺麗だったよな。これは頂上のところか」

「ええ。ごはんを食べたお店のそばです」

江の島の頂上にある庭園に、灯篭の明かりが、ひしめき合う。夏の夜の宴《うたげ》にふさわしい温かみのあるオレンジ色を作るのに苦労した。周りの木々や、お店等、写実的に描くことを意識した。対して海月《くらげ》の絵は、以前私が得意としていたライトなタッチのイラストだ。どちらもパソコンのソフトなどは使わず、手描きの水彩で仕上げている。

海月そのものは少し歪《ゆが》んだ丸い形状にデフォルメして、色も淡いグリーンやターコイズブルー、ラベンダーや薄桃色などで塗り分けた。海の底から海面を見ているかのように、光が差し込む海中に、無数の海月を浮かばせる。そんな、夢の中にいるようなイメージで描いた絵だ。

お金もなく、夢も失い、崖っぷちにいた私にとって、思いがけず出会ったこれらの出来事は、美しい宝石のように胸の中にしまわれている。それもこれも全部、柚仁がもたらしてくれた大切な思い出。

柚仁は長い時間、私の絵を見つめていた。隅々まで目を通して、一枚を見比べては、また一枚ずつじっくりと。照れくさくなってしまった私は、俯《うつむ》いて彼の足に視線をやった。

「……よく、ここまで頑張ったな。うん、頑張った。……いい絵だ」

彼が発した言葉が胸に沁《し》みて、涙が出そうになる。

「捨ててもらっても構いません。ただ『描けた』というだけのものだから」

「捨てねーよ」

即答した柚仁の顔を見上げた。開け放していた広縁《ひろえん》を、庭から吹いた秋の風が通り抜けていく。

「捨てるわけないだろ。大事にする」

「うん。ありがとう、ございます」

「これが日鞠のけじめなんだな」

「はい」

ここを初めて訪れた日は、夏の強い日差しが暑かったっけ。蝉《せみ》が元気よく鳴いていて、トマトや胡瓜《きゅうり》がたくさんできていた。あのとき青かったホオズキが今では橙色《だいだいいろ》に変わり、それももう二、三個の実を残して、あとは枯れてしまっている。

「私……」

彼の瞳を真っ直ぐ見つめる。彼も私を見つめ返してくれた。

「私、柚仁のことが好きです」

眉根を寄せた柚仁に向けて、言葉を続けた。

「雇っていただいた身で、こんなこと言ってごめんなさい。ここに初めてきたとき、お金も、住むところもなくなりそうな状態で、困っていました。進む道も見失って……でも、どこにも戻ることもできませんでした」

「……」

「こんな私を雇ってくださって、ありがとうございました。柚仁のお陰で何とかもう一度、絵が描けるようになりました。まだまだだけど、少しは自分を取り戻せたような気がします。いろいろお世話になりました」

深々と頭を下げた。

「で？」

頭の上から降ってきた柚仁の声に顔を上げる。

「え？」

「家政婦辞めるのかよ」

怖い声だ。今にも叱り飛ばされそうな状況に肩を縮ませる。そんなに怒った顔しなくてもいいのに。

「……辞めます」

「なんで」

「こんな気持ちで、ここにいるのはいけないと思うんです。五月女さんにも……悪いですし」

告白したあとに確認するというのは悲しいけれど、でも、ちゃんと確かめなければ。

「五月女さん？　何で？」

「な、何でって……もし私が柚仁の彼女だったら、他人の、それも柚仁のことを好きな女が仕事とはいえ同居してるなんて絶対に嫌だと思うからです。柚仁だって、私がいたら五月女さんを家に呼びにくいですよね？　それに――」

「あ～、そういうことか」

「そういうことって、あの」

「日鞠」

私の言葉を遮《さえぎ》った柚仁の声は、今まで聞いたことがないほど優しく穏やかなものだった。

「今から公民館に行け」

「……はい？」

公民館、って言った？

「前に行ったことあるんだろ？　教室の生徒の作品展やったところな。あそこに行ってこい」

柚仁の「凪」という字を見た公民館のことだ。

混乱している頭の中を整理する。やっと描けた絵を見てもらって、柚仁に告白をした。

家政婦を辞めるという話になって、そこからなぜに……公民館？

「あの、全然意味がわからないっていうか、何で公民館に」

「俺のけじめが、そこにある」

にやっと笑った柚仁が、私の肩をぽんと叩いた。彼の大きな手に触れられて、心臓がきゅんと反応してしまう。

「柚仁も一緒に？」

「日鞠が一人で行くんだよ。これ羽織っていけ。そろそろ海風が冷たくなる時期だからな」

柚仁は着ていたパーカを脱いで、私の肩にかけた。彼の体温が残ったパーカは、ほんわかと温かい。と思ったら腕を掴まれ、彼の胸に引き寄せられた。

「ゆ、柚仁……⁉」

そっと私を抱きしめる柚仁の心臓の音が聞こえた。私の心臓も、彼に聞こえてしまいそうなくらい大きな音を立てていて苦しい。

「いいか」

「え？」

「しっかり見てこいよ」

何を、と聞く間もなく、離れた彼が私の後ろに回り込んだ。玄関まで背中を押される。

そして柚仁に自転車の鍵を渡された私は、外に出た。

涼やかな秋風が、自転車に乗る私の髪を攫《さら》っていく。柚仁のパーカに包まれているから、寒くはない。

柚仁の腕の中も、暖かかったな。まだドキドキしている。優しく抱きしめてくれた意味を、あとで聞いてみてもいいのだろうか。

公民館の前に自転車を止めて中に入った。前にきたときよりも人が多い。

一番ざわめいている場所へ行くと、誰でも参加できる地域の展示会があった。テーマは個々の自由らしく、絵や詩、手作りの陶芸品や、パッチワークなどの布小物、写真や俳句まで、様々なものが展示されている。

ここが彼のけじめとどう関係するんだろう。

風景写真のコーナーを曲がると、奥に書道の展示があった。以前見た、生徒さんたちの展示作品を思い出しながら眺める。

たくさんの書が並んだその中で、ひと際大きな書道用紙に書かれた見覚えのある文字に、胸が震えた。

「え、あれ……嘘。ほんと、に……？」

大きな書道用紙に書かれた文字は……「日鞠」

堂々とした丸みのある、温かさを感じる文字。

一歩ずつ慎重に近づいて、書の下に小さく貼られたテーマと作者を確認した。

——かけがえのないもの　花岡柚仁

それを見た瞬間、私は会場を飛び出していた。

私に見せたいと言った、彼の言葉の意味を知りたい。

外へ出た私は、急いでバッグからスマホを取り出した。手が震えて、画面を上手くタッチできない。早く声が聞きたい。彼の言葉で確かめたい。

どうにか柚仁の番号を発信して、耳にあてる。

早く、早く出て……！

『はい』

「柚仁‼」

『……聞こえてるよ。デカい声だな』

「私、私」

胸が詰まって言葉にならない。言いたいことは、たくさん、たくさんあるのに。

『見たか？　俺のけじめ』

「うん、見ました……私ね、私」

言葉より先に涙が出そうになって、それを堪《こら》えるのに必死だった。

『日鞠、海にこい』

「海？」

『ああ。そこから一番近い所にいる。砂浜に下りてこいよ』

「わかりました！　待ってて！」

全部がもどかしくて、自転車は公民館に置いたまま、海に向かって走り出した。

私を待っている柚仁のもとへ。彼のけじめと本当の気持ちを聞くために、全速力でわき目もふらず、ただひたすら走った。


秋晴れの空が海を深い青に染めていた。日がきらきらと反射して眩《まぶ》しい。

柚仁、どこ？　どこにいるの？　砂浜に下りて辺りを見回す。

左には、いない。右に……いた？　あのしゃがんでいる人？　砂の上を駆け出して声を張り上げる。

「ゆーう、じーーん!!」

しゃがんでいた人がゆっくり立ち上がって、こちらを振り向いた。砂に足を取られてよろめきながらも、何とか辿り着く。遠くに散歩をしている人が見えるだけで、他には誰もいない。

「よう、お疲れ」

優しく微笑んだ柚仁が、私を見下ろしている。

「ゆ、柚、仁……ゆ、う」

肩で息をし続ける私に、彼が言った。

「お前が家を出てすぐ、俺も歩いてここまできたんだ。ちょうどタイミングよかったな」

「う、うん、あの」

「しっかり見てきたか？」

「あれ、あの……私の、名前」

あーもう！　息切れがひどくて、言葉が途切れるのがもどかしい……！

「どういう、こと、なん、ですか？」

「まんまじゃん。お前の名前だよ。テーマも読んだんだろ？」

「はい」

目の前の柚仁が私の右手を取って、いつものように握り締めた。

「でも……柚仁は、五月女さんと付き合ってるんじゃ」

「付き合ってない。それよりお前、何で五月女さんとのこと知ってんの？」

「え！　それはちょっとその、立ち聞きして、しまいまして……。お祭りに柚仁が行ったら、五月女さんと付き合う、とか、何とか」

口ごもる私を、柚仁が呆れ顔で見た。

「一応生徒さんだしな、うやむやにするのは失礼だと思って、はっきり断りに行ったんだ。少し話したあと、五月女さんが帰ってから、俺は一人で夜店を歩き回って金魚すくいをした。……ああ、そうか。それで金魚渡したとき、泣いたのか、お前」

柚仁が握っていた手の指を絡めた。

「柚仁がお祭りに行ったということは、五月女さんと付き合うことを決めたと思ったんです」

「どうりで様子がおかしいと思ってたんだよ。五月女さんと付き合ってるのかどうか、俺にはっきり聞けばよかっただろ。婚約者のことは確かめたクセにな」

「婚約者は、実際に誰とか、知ってる人ではなかったから……。でも五月女さんは私も直接知ってる人だったし。そんな人の真剣な告白を聞いたら、同じ土俵に立てないと思ったの。中途半端な私が柚仁に真剣にぶつかる資格はないと思って……。だからせめて、また絵を描けるようにって」

「それで頑張ったのか」

「はい」

「そうか」

目を細めた柚仁が、私の髪を優しく撫でる。彼の視線に顔が熱くなった。

「そういえばお前、杉田さんから婚約者の話を聞いたって、嘘吐《つ》いただろ」

「え⁉　あ、うん。ごめんなさい」

いつの間にかバレてた……⁉

「五月女さんにも婚約者がどうのって聞かれたから、杉田さんに確かめたんだ。どうやら、杉田さんが近所の奥さんに、俺に婚約者がいるらしいと適当な噂を流したらしい」

「おじいちゃんが？」

「まぁ、その婚約者っていうのは、お前のことなんだけど」

「わ、私……⁉」

「去年、お前の個展に行って帰ってきた俺を見て、杉田さんが勘違いしたんだよ。俺は純粋にお前が東京でちゃんとやってんのかって心配しただけなんだけど、杉田さんは俺が日鞠のことを好きなんじゃないかと先走ったみたいだ。俺らがくっつくように仕向けたのかもしれないが」

「お、おじいちゃんてば」

「お前が実家に帰ったとき、杉田さんはすぐに俺に連絡してきた。日鞠が東京から引き揚げる。仕事を探しているから、書道店の店番をしてくれるかもしれないって」

私が杉田家で土下座をしていたあのとき、おじいちゃんは、ずっと隣の部屋でスマホを弄《いじ》ってた。美佐さんだけじゃなくて、柚仁とも連絡を取ってたんだ。

「お前が住み込みの家政婦を募集してるのか、って俺に聞いたときは正直焦《あせ》ったよ。店番は欲しかったが、家政婦なんて寝耳に水だったからな。だけどすぐに、これは杉田さんの策だとピンときて、話にのったんだ。他の女だったら断るところだ。でも、日鞠が困ってんなら……俺がどうにかしてやりたかった」

デニムのポケットを探った柚仁が何かを取り出した。

「これ、やる」

差し出されたのは、小さな瓶に入った淡いピンクの桜貝だった。

「いつの間に、こんなにたくさん……ゴミみたいって言ってたのに」

「好きだって言ってただろ。蚊帳《かや》ん中で、お前に拒否られた次の日から、ずっと集めてた」

忙しい人なのに。さっきここでしゃがんでいたのも……もしかしてこれを探していたから？

「お前が言ったように、流れでああいうことしちゃいけないって俺なりに考えた結果が、あの『日鞠』の文字だ。あれ書くの、すごい時間かかったんだからな。この俺が」

笑った柚仁の表情がじんわりと心に響いて、私も彼に微笑み返した。ついさっきまで悩んでいたのが嘘みたい。柚仁が私のために、だなんて夢みたい。

「何か、まだ信じられない……」

呟《つぶや》いた途端、彼の胸に抱き寄せられた。私を両手でぎゅーっと抱きしめる柚仁の力は苦しいくらいに強くて、あったかい。海風から守ってくれるように私を包んでいる。ドキドキと心臓が大きく鳴り始めた。

「いいか？　よーく聞いとけよ」

「？　はい」

私の耳元に顔を近づけた柚仁が真剣な声で言った。

「好きだ、日鞠」

「！」

「大好きだ、日鞠。大好きだ、好きだ」

「ゆ……」

「大好きだ……！　これで信じられるだろ！」

「は、はいっ、はい……！」

返事をしながら涙ぐむと、目を細めた柚仁が私の唇に軽くキスをした。畑でトマトをもいだ私にキスしたときのように。

「まだ何か不安か？」

「ううん、もう大丈夫。私が勝手に思い込んで、不安になっちゃってた、だけ」

「何を思い込んでたんだよ」

「私、自信がなかったんです。柚仁にとって私は幼馴染《おさななじ》みで、ただの家政婦で。何より、仕事上の関係を超えて好きになるのはいけないいって。それに五月女さん、すごく綺麗だから私なんて無理だって勝手に卑屈になってて」

「馬鹿だな、ひまは」

優しく微笑んだ彼の腕の中で、その瞳を見つめる。

「いつから私のこと……好き？」

「いつからだろうな。お前が俺の家にきたときからかもしれないし、杉田さんちで店番してたお前を見たときかもしれない。ああ、去年の個展でチラッと見かけたときも気にはなってたよな」

またキスをされた。唇に、額《ひたい》に、頬に。柚仁の優しい感触が、私を幸せな気持ちで満たしてくれる。

「それを言うなら、あれだよな」

「あれって……？」

「お前がチビの頃も、好きだったな」

「もしかして……私が初恋？」

「お前は違うのかよ」

「さ、さぁ、どうでしょう」

「そこは俺が初恋だって言っとけよ」

再びぎゅーっと抱きしめられた。柚仁の大きな手に、さっきよりももっと強い力がこめられる。

「く、くるし……！　そ、そうしておきます。きっと……そうだったと思うから」

「マジ？」

「ゆうちゃんと遊べない日は、おじいちゃんちで泣いてたのを思い出したんです。だから……」

「そうか」

力を緩めた柚仁の胸に凭《もた》れかかる。ゆったりとして、心地よかった。

「柚仁」

「ん？」

「私に、字を教えてください」

「ああ。どんな字を教えて欲しいんだっけ？」

左手の中にある、贈られた桜貝の小瓶を握りしめた。真夏の夜に花岡家の庭で楽しんだ線香花火を、閉じた瞼《まぶた》に浮かべる。

「『恋』っていう字を教えて欲しいの、柚仁に」

教えてもらう前に告白しちゃったけど。大切な気持ちを与えてくれた柚仁に、何もかも教わりたい。

抱きしめながら、私の背中を柚仁がぽんぽんと軽く叩く。

「家に帰ったら特訓してやる。覚悟しとけよ？」

「お願いします」

「夜は約束通りにしてもらうからな」

「約束？」

「襲わせてもらう」

「！」

「今夜こそ、本気で」

驚いて顔を上げた私に柚仁が唇を重ねた。

今度は、軽くじゃない。切ないくらいに強く押し当てられた彼の唇に圧倒される。

初めて私の口の中に差し込まれた彼の舌は、柔らかくて温かくて、いつまでも味わっていたいと思えてしまう、甘いものだった。

彼の動きに応えて舌を差し出し、絡ませ……私のことも味わってもらう。

広い海の前で、青空の下で。波の音と潮《しお》の香りに包まれながら、私たちはお互いの体温を感じて、長い間、抱き合っていた。

「だから違うっつってんだろが。もっと気合入れて書け！」

「は、はいっ」

恋という文字に気合って……。一度深呼吸をして、すぐ後ろで仁王立ちしている柚仁の指示に従う。

海で告白し合ったあとだし、きっと甘いひとときを味わえるはず、なんて思った私が馬鹿でした。

その後、二時間も使って、何とか「恋」という文字を完成させた。柚仁に言わせれば、これでも三十点ぐらいらしい。特訓は後日に持越しと言われた。……恋の道って険しいのね。

夕飯の片づけを終えて、柚仁のあとにお風呂へ入る。いつも通りの時間で、特に何の変化もない。檜《ひのき》のいい香りを吸い込んで、湯船に浸《つ》かりながら考え込んだ。

私のこと、夜に襲うって言ってたよね？　そんな雰囲気は全然なかったのだけど。書道に力が入りすぎて忘れちゃったのかな。

と思いつつ、お風呂から上がった脱衣所で、お給料で買った新しい下着を身につけてしまった。備えあれば憂いなし……って、期待外れだったらどうしよう。

「日鞠ー、風呂上がったかー」

遠くから柚仁の声が聞こえて心臓が飛び跳ねた。

「は、はーい。上がりました！」

急いでパジャマを羽織って、濡れた髪のまま脱衣所を出た。

和室の明かりが廊下に漏《も》れている。開け放した襖《ふすま》から部屋に入った私は、一歩進んで、すぐに立ち止まった。

「おっせーよ。早くこっちこい」

お布団が二枚並んで敷かれている。蚊帳《かや》の中で一緒に寝たときとは違い、今夜はお布団同士がぴったりとくっついていた。その片方の布団の上に柚仁が寝っころがり、手招きしている。

「じゅ、準備万端ですね」

ロマンチックもへったくれもないんですけど。横たわる彼の隣に正座をした。

「何むくれてんだよ」

「別に、むくれてませんけど……」

昼間の海で好きだと言ってくれたときは、すごくいい感じだったのにな。なーんて、贅沢《ぜいたく》すぎる悩みでちょっとだけ拗《す》ねてみる。

「ったく、しょうがないな。こい」

勢いよく起き上がった柚仁が、私の手首を掴んだ。

「な、何？　柚仁、ちょっと」

歩き出した彼に引っ張られて廊下を進んで行く。

「目に見えたほうがわかりやすいんだろ」

柚仁は仕事部屋のドアを開け、電気を点けた。

「あ！　何これ、す、すご……！」

以前ここに入ってしまったときも、部屋中にたくさんの半紙が広がっていた。そのときは様々な字が書かれていたけれど今日は……一面「日鞠」という文字だらけだった。

「こんなに練習したの？」

「ああ」

「これじゃあ……ただの変態みたい、いたっ！」

頭をぺしっと叩かれた。

「変態って何だよ、真剣に書いたんだろうが」

「私のこと考えながら？」

「当たり前だろ。他に何考えて書けってんだよ」

「何日も？」

「何日も。……何日も、ここで日鞠のこと考えてたな。日鞠は自分自身にケリをつけたがってるだけで、俺が好きだなんて言ったら、ここに居づらくなって出て行くんじゃないかとか、そもそも言わないほうがいいかとか、いろいろ悩んでた」

「全然そんなふうには、見えませんでした」

柚仁が私のことで悩むなんて……

「女々《めめ》しく悩んでる顔なんて、好きな女に見せられるかよ。これで俺の真剣な気持ちがわかっただろ」

「うん……わかりました」

「よーし、じゃあ行こうぜ」

「え、きゃ！」

突然お姫様抱っこをされた。廊下をずんずん進む柚仁の腕の中で縮こまる。おんぶしてもらったときも思ったけど、柚仁は意外と力がある。彼の肩に私の頬が当たり、体の熱が伝わった。

私、柚仁に抱かれちゃうんだ。改めてこれから起こることを想像して、ぶわーっと顔が熱くなった。

和室に戻った柚仁が、私を抱っこしたまま立ち止まる。深呼吸してから私の顔を覗き込んだ。

「いいんだよな？」

「は、はい」

私の返事を聞いた柚仁は、お布団の上へ私をそっと下ろす。と思ったら、即押し倒された。目の前に柚仁の顔が迫る。柚仁らしいといえばらしいんだけど、焦《あせ》るよ。今言わないと、多分絶対聞いてくれない……!

「あ、あの」

「ん?」

「電気を消して欲しいのですが」

「嫌だ」

即答なのね。そこも拘《こだわ》りなのね。

「日鞠の全部が見たいからダメ」

「だって恥ずかしい、んです」

首元に押し当てられた柚仁の唇の感触と吐き出される息に感じて、言葉が途切れてしまう。

「俺は全然恥ずかしくない」

「私は恥ずかしいの! あ……ん、んん、ふっ!」

柚仁に唇を強く塞がれた。

「言いたいことがあったら今のうちに言っとけ。途中で聞いてやる余裕ないから。あ、電気以外のことな」

今のうちに言っておきたいこと……というか、今まで疑問に思っていたことを聞いてみた。

「私が熱中症で寝てたとき、私のこと呼んだ？」

「そうだっけか……？」

「日鞠、って耳元で聞こえた気がしたの」

大人の男の人のイイ声だった。

「ああ、そうめん茹《ゆ》でたときか。言った、言った。お前が全然起きなくて、少し心配になって呼んだんだ」

「夢だと思ってました……」

「そのときもキスしたんだったわ、ははっ」

「え！」

「可愛かったんだから仕方ないだろ。あとはもうないな？」

柚仁が迫ってくる。

「ま、待ってください。この前、蚊帳《かや》の中で私が何も言わなかったら本当に……襲ってたんですか？」

「さぁ。嫌がったらやめたけど、お前が嫌そうじゃなければヤってたな」

「……」

「何だよ」

「柚仁の気持ちを何も教えてくれないままで、こういうことするつもりだったの？」

「好きだとは言うつもりでいた。……蚊がいたってのも嘘だし」

「嘘だったの⁉」

「お前が泣いてたから白状させたかったのと、下心と両方だな。わざわざ蚊帳《かや》吊って誘ったのは」

やけにテキパキ蚊帳を吊ってたのは、そういうことだったのね。

「でもお前がさ、俺のこときっぱり断ったじゃん？　それで俺、やっぱりお前に本気だって自覚できたから、断ってくれてよかったよ」

濡れた髪を優しく撫でてくれた。彼の言葉ひとつひとつが心に響いて、目に涙が浮かぶ。

柚仁の瞳の奥に映る私の姿が揺らいだ。

「あのときの日鞠はカッコよかった」

「ほんと？」

「本当」

目を細めた柚仁の穏やかな表情に……胸が痛んで、嬉し涙がぽろりと零れた。

「カッコよくて、好きだと思った」

「柚、仁」

「好きだ、日鞠。日鞠の全部が欲しい」

ぎゅうっと強く抱きしめられて、幸せな気持ちでいっぱいになる。彼の胸に顔を摺《す》り寄せながら私も告白した。

「私も大好き、柚じ、ん、んーっ！」

言葉の途中で顔を上げさせて強引にキスをした柚仁は、私のパジャマの前ボタンを外し始めた。

「ちょ、ちょっと、待っ」

「待たない」

再び唇を重ねた柚仁の舌が、私の口の中全部を激しく舐め回す。体が熱い。息が苦しい。

「んん、んっ、ふ」

いつの間にか服のボタンは全て外されていた。

「日鞠、日鞠」

「あ……柚、仁……あ、あ」

首筋と鎖骨を這う彼の唇と舌に、体が何度も震えた。優しい刺激に声が漏《も》れてしまう。

「え、あっ」

私の背中を持ち上げた柚仁は、できた隙間に手を差し入れて、ブラのホックを外した。訪れた解放感に慌てて両手で前を隠す。

「見せろよ」

「だって、恥ずかし、あ、や」

耳を甘噛みし、中を舐めながら、彼は私の手を掴んだ。隠そうとしていた手をどかし、その大きな手で優しく胸を包み込む。

「ふかふか」

「そういうこと、言わない、で……」

「舐めていい？」

「え」

「ダメ？」

先端を弄《いじ》る柚仁の指先に、体がびくんと揺れる。

「なん、でいちいち、聞く、の」

「可愛いから」

耳元から顔を離した彼が、にやっと笑った。ブラをたくし上げて、柚仁が私の胸に顔を埋める。温かい彼の頬が肌にあたった、と思った次の瞬間、甘い刺激が先端から体中に伝わった。

「あっ、あ……あ」

柔らかい舌に舐められて、ますます敏感になっていく。

「お願、い、電気消して」

言った途端、強くそこを吸われた。

「あっやぁ……あ、お願い、柚仁……！」

私の言葉なんて聞こえていないかのように、彼は舐めて吸う、を執拗《しつよう》に繰り返している。頭がクラクラするほどの気持ちよさに、私はただ喘《あえ》ぐしかない。

パジャマのズボンに手をかけられた私は、そこでハッとした。やっぱりダメ。柚仁の手を掴んで抵抗する。

「消してくれなきゃイヤ！」

「んだよ、しょうがねぇな。今日だけだぞ？」

きょ、今日だけって……

立ち上がった柚仁は部屋の隅に行き、普段は使っていない和紙で作られた床置きの照明のスイッチを入れた。小さな明かりが、ぼんやりと床を照らす。

「これは点けておくからな。見えなさすぎても困る」

「う、うん」

部屋の大きな明かりを消した柚仁は、そこでロンTを脱いだ。薄暗い中で彼の裸の上半身が露《あら》わになり、慌てて目を逸らす。思ってたよりも、ちゃんと筋肉がついてるというか、締まっているというか……

「わ！」

ぼうっとしていた私を柚仁が抱き起こして、布団の上に座らせた。び、びっくりした。柚仁はいつの間にかズボンも脱いでいる。ボクサーパンツの前が大きくなってるのを見てしまった。

「お前も脱ぐんだよ」

返事をする前に、パジャマを脱がされ、ブラも取られた。明かりが弱いから、さっきよりは恥ずかしくない。

柚仁の胸に引き寄せられて、そのままぎゅーっと抱きしめられた。素肌がくっついて温かい。彼の心臓の音が肌へ直接伝わり、お風呂上がりの柚仁の匂いに胸がきゅんとなる。……好き。私、柚仁が好き。

目の前にある彼の胸を人差し指で押した。

「何してんだよ」

「意外と筋肉ついてるな、と思って。インドア派っぽいのに」

「書く前に必ず運動はしてる。朝も走りに行くことあるし。書道は体力いるからな」

「カッコいい……」

「だろ？」

笑った柚仁が私を布団の上に優しく押し倒し、そのまま私のパジャマのズボンも脱がせた。のしかかられ、ぴったりと肌が合わさる。再び唇が重なった。どこもかしこも熱くて、溶けてしまいそう。ううん、もう……溶けてる。

ショーツの上から触れる彼の指が、ますます私の息を上がらせた。柚仁の背中に手を回してしがみつく。

「すごい濡れてるな、日鞠」

長い指がショーツの中に滑り込み、狭間をくるくると撫でた。くちゅくちゅという水音が響いて恥ずかしい。

「だって……んっ、や」

「いいじゃん。俺もこんなだし」

反対の手で私の手を取った柚仁が、自分のモノを触らせた。え、直に触っちゃってるんですけど。いつの間にボクサーパンツも脱いだの？

「あー日鞠の手、気持ちいい……」

「……ほんと？」

頷く柚仁が熱い息を私の耳の中へ落とす。嬉しくて思わず上下に動かすと、柚仁はますます息を荒らげた。彼は私のショーツを脱がせ、ナカに指を挿《い》れる。

「んんっ！」

　長い指を受け入れたそこが締まり、腰が浮いてしまう。抜き差ししている彼の指が、たまに一番敏感な部分まで攻めるように撫でてくる。その度に体がびくびくと揺れて……柚仁が……すごく上手で……私、何だか変、だ……

「気持ちいいか？　日鞠」

「うん……うん、気持ち、いい……あ」

　感じる度に、私も彼のモノを強く動かした。

「俺のこと好きか？」

「好き。柚仁が、好き……」

　あちこち火照《ほて》って熱に浮かされたようだった。

「誰よりも？」

「誰よりも、好き」

「……そうか」

　大きく息を吐いた柚仁が、静かな低い声で言った。

「じゃあ俺のことだけ考えてろよ？　つらかったこと全部、忘れさせてやる」

「柚、仁」

　もしかして元カレのこと？　もうそんなのとっくに忘れちゃってるのに。絵を描くときの心の傷も、柚仁のお陰で癒《い》えたのに。今だって柚仁で心も体も、いっぱいなのに――

柚仁は私の頬に軽くキスをして起き上がり、枕元を探った。

「ちょっと待ってろ」

「うん。……ありがと」

当たり前なんだろうけど、きちんと避妊具を用意してくれてたことが嬉しい。前から準備してたのかな。それともさっき海の帰りに寄ったコンビニで買ったの？　考えを巡らせている私に再び柚仁がのしかかった。

「俺のことだけ考えてろって言ったろ」

「か、考えてたよ、柚仁のこと」

ふうん、と頷いた彼は私の首筋にキスしながら呟《つぶや》いた。

「俺、すげー嫉妬《しっと》深いから、そのつもりでな」

「そうなの？」

そういえば……カフェのサーファー店員さんが言ってた「アレ」って、もしかして。考えようとしたけれど体のあちこちに押しつけられる彼の唇を感じて、どうでもよくなってしまった。

体を起こした柚仁が、びしょ濡れの私のナカに硬くなった彼のモノを押し当てる。

「……日鞠」

ぐっと挿《い》れられ、その大きさに腰が引けてしまう。

「んっ……い、いた……」

初めてのときほどではないけど、久しぶりすぎて……少し痛い。

「大丈夫か」

心配そうに私を気遣う声が嬉しかった。

「だ、大丈夫、だから……キスして、柚仁」

彼の首の後ろに両手を回すと、すぐに応えてくれた。舌をたくさん絡ませ、お互いを味わい合う。私の頭を掴むようにして何度も顔の角度を変える柚仁を感じるうちに、痛みが和《やわ》らいでいった。

「日鞠、好きだよ」

熱い吐息に反応して、受け入れている場所から蜜がたくさん溢れ出している。

「痛くないか?」

「うん……私も好き、柚仁」

「もっと言えよ。俺が好きだって」

「好き……!　大好き……!　あ、ああ」

私のナカに全部を挿《い》れた柚仁が腰を動かし始めた。ゆっくり引き抜いてから、貫くように一気に突いてくる。汗ばんだ彼の肌の匂いが胸を締めつけた。

「あっ、あっ、すご……い、ああ」

「もっとだ、もっと言えよ」

がんがん突かれて頭の中まで蕩《とろ》けそうになりながら、柚仁の全部を全身で感じていた。

「あ、ああ……！　あん、やぁっ」

壁には揺らぐ二人の影。両手を差し出した柚仁が私の胸に手を置き、両方の先端をつまんだ。

「ひ、あ、あーっ……！」

刺激を受けて、彼を咥《くわ》えていた水浸《みずびた》しのそこがきゅーっと強く締まった。もう……ダメ！

「早く言って、日鞠」

「あっ、好、き、柚仁のこと……！　あっあっ」

うわ言のように彼の名を呼ぶ。好き、しか浮かばない。好き、しか……

「柚仁がいいの、柚仁じゃなきゃ、ダメなの……！」

「それを早く言え、っての」

「……え」

「俺もだ。俺も、日鞠じゃなきゃダメだ。お前がいいんだ」

奥まで何度も突かれて、目の前がちかちかしてくる。柚仁の硬いモノに激しく揺さぶられた私は、彼を離さないよう自分も腰を浮かして、大きな声を出していた。気持ちよすぎて、恥ずかしいのに止められない。

「あ、ああ、もう私……いっちゃ、う、うう」

「イケよ」

眉根を寄せて顔を歪《ゆが》めた彼の命令に、体の奥から快感が駆け上がる。同時に柚仁の手が、私の一番敏感な部分を指の腹で優しく摩《さす》り上げた。

「柚、仁……！」

「俺も、一緒に」

「あっあっ、んんーーっ！」

快感の波が、呑み込んでいる彼ごと痙攣《けいれん》させた。私の全部が柚仁を感じたいと訴えている。

上体を反《そ》らした私の腰に手を回し、柚仁も激しく腰を打ちつけ全身を震わせた。

「日鞠っ……！」

一緒に絶頂を迎え、力を失った二人の体が再びぴったりと重なり合う。

ぐったりとした私たちは、しばらくそのまま抱き合っていた。

――まだ体が、火照《ほて》っている。

お布団の中で腕枕をされていた私は、柚仁に身を寄せ、ぴったりくっつく。

「柚、仁」

「ん？」

「抱きしめて」

「何だよ、急に素直だな」

私のほうに向き直した柚仁が、優しく抱きしめてくれた。彼の鼓動に気持ちが安らぐ。

「ありがとう、柚仁」

「何が」

「上手く言えないんだけど、ずっと……抜けられなかった場所から、やっと抜け出したみたいな感じなの」

「……」

「柚仁が引っ張り出してくれたんだと思う。小さい頃、ずっと手を引っ張って連れて行ってくれたみたいに。だから……ありがとう」

いつも、早足の柚仁にくっついてた。彼は文句を言いながらも、私を置いては行かず、必ず手を取って一緒に歩いてくれた。

「そういう可愛いこと言うと」

「？」

「もう一回襲いたくなるじゃんかよ」

柚仁の咬《か》みつくようなキスに眩暈《めまい》が起きた。私も、もっと……もっとして欲しい。

唇を離した柚仁の両頬に触れる。

「……うん、襲って。もっと奪って」

「ああ、そうさせてもらう」

恋から愛に変わったな、なんて柚仁がらしくないことを囁《ささや》くから、もっと教えてと、私から彼にキスをしておねだりした。

波の音が聞こえるのは気のせい？

一度目は苦しさを感じるほど、体をつなぐことに溺れていたけれど、今は水中を漂《ただよ》うみたいに、ゆらゆらと揺れて……心地よい怠《だる》さが体中を覆い尽くしている。

「柚、仁……」

「日鞠の顔、蕩《とろ》けそうになってる」

「だって、本当に溶けちゃいそう……」

柚仁が再び準備をして私のナカへ……今度は静かに挿入《はい》ってきた。彼は、激しく求めていたさっきとは違い、私の髪をゆったりと撫でたり、労《いた》わるような優しいキスを降らせてくる。

激しくないどころか……柚仁のモノは私のナカでじっとしているだけなのに、内側が何度か小さく痙攣《けいれん》した。

「ね、これ……何……？」

「何って？」

「すごく、気持ち、い、い……っあ」

彼がほんの少し腰を動かすだけで、つながっているところから快感が走る。

「日鞠が可愛いから、じらしたときの顔も、見てみたいんだよ」

「意地悪、しない、で」

多分、シーツに染みるくらいに私、びしょびしょに濡れている。

「柚仁、わ、私……も、う」

「イキたいか？　でもまだダメ」

「な、んで……んっんう」

唇を重ねた柚仁が、私の口中をじっくりと舐め回した。彼の指が私の胸の先端を優しくつまむ。上半身がびくんと揺れ、蜜奥が彼をもっと欲しいと収縮した。

「ふ、あっ、柚仁、動いて、お願い」

唇を離して懇願した。疼《うず》いてしまうそこを、どうにかして欲しい。

「もっと欲しがらないとイヤだ」

「や、んっ……い、意地悪……！」

「どうして欲しいんだよ。言ってみ？」

私の頬を撫でながら一旦腰を引いた柚仁が、ぐっと奥まで挿《い》れてきた。

「あっ、あ……！　も、っと」

「もっと何だよ」

耳元を彼の声がくすぐる。ぞわりと肌が粟立《あわだ》った。

「もっと、柚仁ので……つ——」

「つ？」

「突いて、欲しい、の。い、いっぱい」

「素直じゃん。……可愛いよ、日鞠」

甘い囁《ささや》きと同時に、柚仁は自身をまたゆっくりと引き抜いた。物足りなくなったそこが、ひくひくと寂しがっている。

「あ……っ、早、く」

彼を求めて伸ばした両手を掴まれ、ぎゅっと握られた。

「たくさん突いてやるからな」

「え……きゃ」

ゴムが外れていないか確認した柚仁は、私をうつ伏せにして、さらに腰を上げさせた。

「これ……恥ずかしい、よ」

全部、見えちゃってる……

彼の前で蜜を溢れさせているいやらしさに羞恥を感じて頭に血が上った。私のお尻に両手で優しく触れた柚仁は、後ろから耳元で囁いた。

「俺だけに見せるんだから、いいだろ？」

「で、でも」

「好きだ日鞠。日鞠……」

彼は、柔らかく口の開いたそこへ自身をあてがい、押し入れた。

「んっ……ゆ、ゆう、じん……」

溶けかかったアイスをすくう金属のスプーンのように、彼のモノが私のナカへ容易に挿入《はい》ってくる。息を吐きながら、柚仁を奥まで受け入れた。

敷布団に頬を押しつける。好きという気持ちの欠片《かけら》が、目の前の真っ白いシーツのあちこちに散らばっているみたい。それらを掻き集めるようにシーツをぎゅっと掴み、彼のモノで後ろから蜜奥を圧迫される悦《よろこ》びに浸《ひた》った。

「あ……あぁ」

「熱いな、日鞠の、ナカ……」

「柚、仁も……いい？」

「ああ、最高」

呻《うめ》くように吐き出された彼の言葉が嬉しかった。柚仁にも、私で気持ちよくなって欲しい。たくさんたくさん感じてほしい。

「動くぞ」

柚仁は私の望み通り、ゆっくりとぎりぎりまで引き抜いたモノを、一気に奥まで突き入れた。

「あっ、あっ、ああ……っ」

勝手に大きな声が出てしまう。疼《うず》いて足りなかったものを埋められた、あまりの快楽に、どうにかなりそうだった。

抜き差しが次第に激しくなるとともに、いつの間にか私も、彼の動きに合わせて夢中で腰を振っていた。こんな姿を見せるのは恥ずかしいのに……

「……いいか、日鞠」

「い、いい！　いい、の……！　いい」

柚仁と私の肌がぶつかりあう音と、その度にぐちゅぐちゅという粘り気のある水音が響き渡った。奥からまた、快感がせり上がってくる。

「もっといやらしい声聞かせろ」

「そんなこ、と、言わないでぇ……！」

柚仁の放った言葉に加え、喘《あえ》ぐ声と蜜の音、そして四つん這いの自分の恰好が頭に浮かび、それがさらに大きな快感を呼び寄せた。

「も、私、また、いっちゃ、う」

「俺も限界……日鞠」

「柚仁、好き、好きなの……！」

「日鞠、こっち向け」

つながったままで、後ろから私の背中に覆い被さるようにした柚仁が、顔を寄せてきた。苦しい体勢だけれど、頑張って顔だけ彼を振り向く。

「俺も好きだ。お前だけだ」

「私も、大好き、あっ、あ……んっふ！」

激しく腰を打ちつけられ、沈み込んでいくような悦楽に支配される。

「……出すぞ」

「んっ、んうう……！」

囁《ささや》いた彼に唇を塞がれた。ねっとりとした舌を強く絡ませながら、互いに恍惚《こうこつ》の海へと落ちていく。

また……穏やかな波の音が聞こえた。

彼の隣にいると、潮《しお》の香りも、濃い緑の匂いも、私の中の深いところ全部で感じることができる。

汗で額《ひたい》に貼りついた髪を、柚仁が優しく直してくれた。

熱い肌を重ねる私たちの吐息は、静かな夜の墨《すみ》色に溶けていった。

+ + +

柚仁に持たされた白いビニール袋を手に提げて、おじいちゃんの家へ向かう。

紅葉していたご近所の桜の葉はすっかり落ちている。橙色《だいだいいろ》の実がなる柿の木に、カラスが止まっていた。青い空の高いところで千切れた雲が風に吹かれている。

厚手のカーディガンを着てくればよかったかな。

「おはよう、おじいちゃん」

「おーう、日鞠か。おはよう」

盆栽《ぼんさい》を弄《いじ》るおじいちゃんが、こちらを振り向いた。だいぶ寒くなってきたけれど、変わらず元気そうで安心した。

「はい、今日はネギだよ」

「太くて美味《うま》そうだなぁ。花岡先生にお礼言っといてくれな。上がってくかい？」

「ううん。これから柚仁と朝ごはん食べるから……あ」

思わず柚仁、って呼び捨てにしてしまった。おじいちゃんには、まだ柚仁とのことを伝えていない。前に聞いた柚仁の話だと、おじいちゃんは私たちをくっつけたがっていたようだけど……

「そうかそうか。仲良くやってるみたいで、おじいちゃん嬉しいよ」

「う、うん」

「よかったな、日鞠。いい男ができて」

「！」

「花岡先生なら安心だ。あの若さで篠仁先生の跡を継ごうとするなんざ、ちょっとやそっとの男気じゃあできないもんだ。わかるか、日鞠ぃ」

もしやおじいちゃん、既に私たちのことを知っているのだろうか。

「花岡先生からいろいろ聞いたぞ。日鞠をずーっと大事にしていきたいんだと」

意外な言葉を受けて、呆然と口を開けてしまう。そのまま、にっこり笑ったおじいちゃんの顔を見つめた。

「それ、本当？」

「自分で確かめりゃいい。帰ったら花岡先生に聞いてごらん」

私の知らないところで、おじいちゃんとそんな会話をしていたなんて。それが本当ならすごく嬉しいけど自分から確かめるのは恥ずかしいし……でも気になる……！

花岡家に戻ると、朝ごはんを用意してくれた柚仁が私を待っていた。

「おじいちゃん喜んでいました。いつもありがとう」

「ここにきて、地元のことをいろいろ教えてくれたのは杉田さんだからな。あれくらいじゃ、たいしたお礼にもならないけど」

土鍋で炊《た》いたごはんが、お茶碗の中でつやつやと光っている。胡麻《ごま》をまぶした昆布の佃煮をのせて口に入れた。甘辛い佃煮とほかほかごはんの相性は最高で、噛み締めるたびに笑みが零れてしまう。

「今日は上手く漬かったな」

ぬか漬けの胡瓜《きゅうり》を口に入れた柚仁が満足そうに笑った。

「そういえば柚仁って、花岡家を継ぐ前はどこにいたの？」

彼と心が通じ合ってからは、私は彼に対して敬語をやめている。彼もそのほうがいいと賛成してくれた。でも仕事中は……特に生徒さんがいるときは自分の立場をわきまえて、敬語を使っている。

「親の仕事の都合で大学まで都内にいた。卒業する頃に、スローライフを目指した両親が長野に移り住んで、俺だけここにきた」

「彼女は？」

「ぶっ」

お味噌汁を啜《すす》っていた柚仁が噴き出した。

「柚仁、動揺しすぎ」

　座卓にのった台拭きを渡す。

「お前が突然余計なこと聞くからだろうが」

「絶対モテてたでしょ。今だってモテるし……」

「んなことねーよ。俺についてこられる奴なんてそうそういないからな。ここ何年も彼女なんていないない」

　ふーん、と頷いて私もぬか漬けを口にした。塩気がちょうどよくて、ごはんがどんどん進む。

「今度俺の親に会わせるわ。こっちから遊びに行ってもいいな」

「私が……行くの？　柚仁と一緒に？」

「ああ、連れてく。お前の実家にも行きたいしな」

「え！　な、何で？」

「何でって挨拶《あいさつ》くらいは早目にしといたほうがいいだろ」

　お互いの家族に会って挨拶というのは……。今度は私が動揺してる。

「お前、ギャラリーの絵は、進んでるのか？」

「うん、まぁ、ぼちぼちです」

　何とか再び絵を描けるようになった私は、花岡家のギャラリーを貸してもらい、個展をひらくことを決めていた。とはいえ、まだまだ納得がいかなくてちっとも進まないのだけど。目標は来年の春だ。

「絵描きにでもなるの？」

「描き続けたいとは思ってるの。せっかくまた描けるようになったから、もう少し頑張りたいと思って」

「なるほどね」

私の実家にくるという話は、はぐらかされたのだろうか。別に今聞くようなことではないとはいえ、言葉の真意が気になってしまう。

最近、絵に色をつける段階で思い出したことがある。公民館で初めて柚仁の大きな書を見たときに感動した、あの堂々とした文字と印象的な墨《すみ》の色。

「柚仁。私が前に見た『凧』の文字なんだけどね」

「ああ」

「『日鞠』の文字も同じだったと思うんだけど、あの墨の色は、どうやって作るの？」

「墨の色？」

「他の人の作品と全然違う気がしたの。深くて綺麗で……吸い込まれそうな墨色だった」

黒といってもいろいろある。もちろん他の人が書いたものだって、それぞれ違った。

その中で、柚仁のは特別に感じられたから。

「すごいな日鞠」

「すごい？」

「あれは篠仁が現役の頃からお願いしてる、墨職人のところで特別に作ってもらう墨を使って書いたんだ。値段が馬鹿高くて、ああいう展示物にしか使えない。篠仁は普段からガンガン使ってたらしいけど、俺はそんなに稼ぎがないから無理だな」

出汁《だし》巻《ま》きの玉子焼きはふんわりしていて、とても上品な味付けだった。自分で言うだけあって、柚仁は料理上手だ。

「あれだけいい墨を使ってても、あの色に気づかない講師もいるんだよ。お前、字は汚いけど色を見る目はあるんだな。さすがだ」

「そ、そうかな」

柚仁に褒められて嬉しくなってしまう。とはいえ、字が汚いというのは訂正されていないみたいだから、書道をもっと頑張らなくては。

展示会から戻った『日鞠』の書は、私の屋根裏部屋に飾ってある。

柚仁に抱かれたあの夜から、私たちは一階の和室でともに寝起きをし、屋根裏部屋は私のアトリエとなっていた。

顔を上げると、お茶碗とお箸《はし》を持った柚仁が私をじっと見つめていた。な、何だろう。

「お前、いつまで家政婦やんの？」

当初は半年ほど働いて、お金が貯《た》まったら一人暮らしをする予定だった。柚仁と思いが通じて浮かれていたけれど、だからといってずるずるとここにいるのはよくない。いつかは出て行かなくちゃ……と思ったら、寂しくなった。

「それは……一人暮らしのできる資金が貯まるまで、とか、かな」

「……」

無理やり笑顔を作った私の返事に、彼が口を引き結んだ。もしかして怒ってる？

図々《ずうずう》しかったんだろうか。肩を縮めて次の言葉を探している私に、柚仁がぼそっと呟《つぶや》いた。

「一生いれば」

「え！　い、一生、家政婦するの⁉」

でも……ずっと柚仁のそばにいられるなら、それもいいのかもしれない。

「ばーか」

柚仁のお箸が私の分の出汁巻《だしま》き玉子に伸びた。ひょいと挟んで持って行く。

「それ、私の」

「家政婦をやれってんじゃなくて……俺の嫁さんとして、一生ここにいろっていう意味だよ」

「え」

耳を疑う言葉に、私の手が止まった。柚仁は何事もなかったかのように、大きな口を開けて出汁巻き玉子を入れ、ごはんをかきこんでいる。

俺の嫁さん、って言った？

「返事は」

「は、はいっ」

聞き間違いじゃ、なかった。途端に……お味噌汁の具が歪《ゆが》んで目に映る。苦しいほど胸がいっぱいで、何もできない。

「早く食え。散歩行くぞ」

「……うん」

「泣くなよ」

「だって、嬉しいんだもん。柚仁の、お嫁さんなんて」

柚仁らしい、ぶっきらぼうなプロポーズが心にじんわりと沁《し》み込んで、涙が止まらなかった。本当に、私なんかで……いいの？

涙を拭いて、そう訊ねようとしたとき、柚仁が片膝を立てて湯呑《ゆのみ》を持ち上げた。

「俺でいいのかよ」

私が聞こうとしたことを、逆に柚仁に言われた。

「柚仁じゃなきゃ、やだ。柚仁がいいの」

「……そうか。ありがとな、日鞠」

和《やわ》らいだ彼の表情が、再び私の瞳に幸せの涙を浮かばせた。

片づけを終えて二人でお出かけする。

冬の始まりの匂いがする海まで散歩をし、砂浜に下りた。

「風が冷たくなったな～」

「いいお天気だね」

「おう」

手をつないで砂浜を歩く。流木をまたいだ彼のスニーカーに目をやった。

「柚仁って、冬も下駄《げた》履くのかと思ってた」

「馬鹿かよ。寒くて死ぬわ」

「普通に履いてそうなんだもん、わ！」

立ち止まった柚仁が私の首に腕を回して、ぎゅっと抱きしめた。彼の柔らかなニットが頬にあたる。彼の腰に手を回して背伸びをし、耳元に唇を寄せた。

「足袋《たび》で分厚い靴下みたいなのある、よ？」

「そこまでして俺に履かせたいのかよ、お前は」

頬を擦《す》りつけられて、くすぐったくて笑った。風に吹かれた私の髪が、彼の肩先で泳いでいる。

「私もね……キスしたんだよ、柚仁に」

「は？　いつ？」

「熱中症のとき。おそうめん食べる前に、同じ部屋で寝てた柚仁に……軽くだけど」

「どんなふうにしたのか、今やってみろよ」

お返しとばかりに私の耳元で囁《ささや》く柚仁の言葉に従い、私はほんの少しだけ唇を重ねた。

「こんなちょっと？」

「ちょっと、です。んっ、んんー!!」

不満げな声を出した柚仁が強引に唇を重ねた。柔らかな舌が私の舌をすくって絡ませる。何度も舐め合ってから、ようやく解放され……と思ったら、軽く三回キスをされた。

額《ひたい》をこつんと合わせた柚仁が呟《つぶや》く。

「これぐらいやれよ」

「こんなにやったら起きちゃうでしょ……！」

「ははっ、そりゃそうだ」

笑った柚仁が空を仰ぐ。私は水平線に視線を伸ばし、どこまでも続く空と海の青を追いかけた。

「今日は遠くまで、よく見えるね」

「また江の島行こうぜ」

「うん。今度はラーメン食べたい」

「江の島のラーメンな。天気いいし……これから行ってみるか？」

「ほんと？　行きたい！」

「うろうろしてたら昼になるだろ。島の上は寒いだろうから、上着持ってくるか。一旦、家に帰るぞ」

私から離れた柚仁が、歩いてきたほうへ向き直り、砂の上を歩き出した。彼は振り返らずに、どんどん行ってしまう。

「待って、柚仁」

追いかけて呟《つぶや》くだけでは、その背中に届かないから。大きな声で叫んでみた。

「待ってよー！　ゆうちゃーん！」

「……おっせーんだよ、ひま」

立ち止まった彼も、懐かしい呼び方で私の名を口にする。

差し出された手を握って、柚仁の体に身を寄せた。

「ほら、行くぞ」

「うん！」

背後には、砂の上に仲良く並んだ二人の足跡が続いていた。

# きらり、光るもの

二人の気持ちが通じ合って、初めての冬がやってきた。

お天気のいい十二月初旬の日曜日。

ここのところずっと忙しかった柚仁が、久しぶりに休日を取ることができた。年末年始の共同個展だとか、教室の生徒さんたちの書初め展の下準備等、たくさん重なっているみたいだ。まだまだ仕事はあるらしいけれど、今日は小休止とのこと。

台所から、いい匂いが漂《ただよ》ってくる。私は掃除機を止めて鼻をひくつかせた。今日は私が掃除で、柚仁がお昼ごはんを作る係。

「何を作ってくれてるんだろうね～」

玄関脇の書道店の受付前に置いた金魚鉢に向かって話しかける。柚仁がお祭りですくってきた金魚は、今日も元気いっぱいだ。

「日鞠ー！　ちょっとこーい」

「はーい！」

掃除機をその場に置いて、彼がいる台所へ急いだ。

振り向いた柚仁が、私にお箸《はし》を差し出す。その先からはほかほかと湯気が出ている。

「味見してくれ」

「美味《おい》しそう～！」

「口開けろ」

言われるまま、あーんと大きく口を開けて大根の煮物を入れてもらう。ふわっとよい香りが口中に広がると同時に熱さが……！

「あっち、あち、あち……！　お、美味しー！」

ちょうどよく染み込んでいるお出汁《だし》の味が、私の顔を綻《ほころ》ばせた。

「そうか、美味《うま》いか」

「うん」

頷くと、柚仁にちゅっとキスをされた。ぶわっと自分の顔が赤くなったのがわかる。

「お、おじいちゃん、きっと喜ぶと思いま、す」

「何照れてんだよ」

「だって……急にするから」

畑で初めてキスされたときもそうだった。前置きみたいなものが全くないから戸惑ってしまう。それにまだ、何となく恥ずかしい。

呆れた表情をした柚仁が、大げさにため息を吐《つ》いた。

「今さら何言ってんだか。柚仁好き好き、もっとしてもっとして～って、毎晩布団の上で喚《わめ》いてるクセによ、いでーっ‼」

「やめてやめてやめて変態！　馬鹿柚仁‼」

脇腹を思い切りつねってやった。何でそういうこと大きい声で言うの！

「本当のことだろが、あーいってぇ」

「おじいちゃんに聞こえちゃったら、どうすんのっ！」

「玄関から入ってくんだろ。つか、まだこねーだろ」

「おじいちゃんの世代は何でも早め早めなの。お庭回って広縁《ひろえん》から入ったら聞こえちゃうでしょ」

「窓全開にしてんのかよ、こんなに寒いのに」

「お掃除中だもん」

今日はおじいちゃんを花岡家に呼んで、お昼ごはんを一緒に食べる約束をしている。

「ひ～まり～！　うお～い！」

「ひい！」

う、嘘！　おじいちゃんの声だ！

「おっ、本当にきたな」

「だから言ったのに。はーい！　おじいちゃん今行くねー！」

声のしたほうへ走って行くと、おじいちゃんは広縁に座って、こちらを見ていた。

「い〜い匂いだなぁ。悪ぃね、忙しいのにお邪魔しちゃって」

「ううん、そんなことないよ。それよりあの……聞いてなかったよね？」

「何をだい？」

「ううん、何でもないない、何でもないの、うん」

おじいちゃん、にこにこ笑ってるし大丈夫だよね。そうそう、ここまで聞こえるわけないの。

「いやぁ最近耳が遠くてなー。いちゃいちゃしてるお前らの会話なんて、ぜーんぜん聞こえなかったわ、ぜーんぜん」

「‼」

「結婚前なんだから、ほどほどにな」

「お、おおおおじいちゃん……！」

「琴美たちには言わねぇから大丈夫だよ」

焦《あせ》りまくる私に、おじいちゃんは大きな声で笑った。本当に……この人には敵《かな》いません。そんなところも、大好きなんだけどね。

おじいちゃんに上がってもらい、窓を閉めてストーブを点けた。今日は日差しがとても暖かく、おじいちゃんにきてもらうにはちょうどよい気候だった。和室に出したコタツに座って、柚仁の手料理を皆でいただく。

「相変わらず美味《うま》いねぇ。そういや花岡先生の料理、久しぶりに食べたなぁ」

「最近俺、杉田さんのことご招待してなかったですもんね。すみません」

「いやいや、いいんだよ。日鞠と楽しくやってくれてんなら、それで十分だ」

申し訳なさそうに頷いた柚仁はビール瓶を手にして、おじいちゃんにおかわりを勧めた。献立は大根と薩摩《さつま》揚げの煮物、白身魚と紫蘇《しそ》の天ぷら、自家製の汲《く》み上げ豆腐の鍋だ。お豆腐は抹茶塩で食べるのがさっぱりしていて美味《おい》しい。あとは柚仁特製のお漬物が数種類、食卓の上に並んでいる。

おじいちゃんは柚仁の料理を美味しそうに食べていた。相変わらず元気だし、食欲もあるし、何よりこうして三人で食事をすることを喜んでくれていて、私も心から嬉しかった。

「これからはまた、前みたいにちょくちょくきてくださいよ」

「いいんかい？」

「もちろんですよ。日鞠もそのほうが嬉しいだろうし」

「ありがとうな。ところで結婚式はいつだい？」

「え、あ……っ！」

おじいちゃんてば普通のテンションで、な、何てことを……！

驚いた私は、思わずビールのグラスを倒してしまった。ビールの香りが散らばり、炭酸が座卓の上にじわーっと広がっていく。

「ほら拭けよ。何、動揺してんだ」

「う、ありがと」

柚仁が差し出したふきんで、座卓を拭いた。彼は、私とは反対に落ち着いている。

「ははは、すまんすまん。まだ早かったか」

おじいちゃんの楽しそうな声が響き渡る。

「でもなぁ、俺も歳だしよ。できれば日鞠の花嫁姿を見てから死にたいからなぁ」

「そんなこと言わないでよ、おじいちゃん……。長生きしてよ」

おじいちゃんの優しい微笑みが切なかった。おじいちゃんが死ぬだなんて、まだそんなこと……想像したくない。

「おう、長生きするよ。美佐さんのためにもな」

「杉田さん。俺、日鞠とのことはちゃんとするつもりでいます。近いうちに必ず」

柚仁はおじいちゃんの顔を真剣に見つめ、胡坐《あぐら》の膝に両手を置いた。その姿勢と眼差しに胸がきゅんとして、私まで背筋が伸びてしまう。

「そうかい。無理しないでくださいよ？　花岡先生」

「無理なんてしてないですよ。そうだな……今夜辺り、きちんとしますんで」

「今夜って？」

思わず口を挟んでしまった。今夜きちんとするって……どういうこと？

「そう、今夜な」

柚仁はそう言うと、意味あり気に笑った。

お風呂上がり、ストーブの前で胡坐《あぐら》をかいていた柚仁が、私を手招きした。彼の膝の上に座らされる。

「寒くないか？」

後ろから両手でふんわり包まれる。

「大丈夫。……今日はおじいちゃんに、ありがとうございました」

「たいしたことはしてないよ。お前もよかったな。杉田さんに渡せて」

「うん。やっと安心してもらえたみたい」

おじいちゃんが帰るときに、私が最近描いた絵を額《がく》に入れて渡した。おじいちゃんは嬉しそうに何度も私の頭を撫でてくれた。小さい頃みたいに。

古いストーブの中で炎がちらちらと揺れている。とても静かな夜だった。

「日鞠、左手出してみろ」

「左手？」

差し出した手に柚仁が優しく触れた。と思ったら、指に冷たい何かをはめられた。

「あ」

「俺すごくね？　ぴったりじゃん」

「え、え？　これ、って……え？」

きらりと光るものが左手薬指にあった。突然のことに上手く言葉が出てこない。後ろから、私の耳元に唇を押しつけて柚仁が囁《ささや》いた。

「婚約指輪」

「……う、そ」

「嘘って何だよ」

「だって……まさか、もらえる、なんて」

胸がいっぱいで声が詰まる。

「勝手に選んできたけど、もっと違うのが欲しかったか」

「そんなことないっ‼　これがいい‼」

上半身を振り向かせ、その胸に飛び込んだ。よろけた柚仁と一緒に、後ろに敷いてあったお布団の上に倒れ込む。

「うお、びっくりしたー」

「これがいいです。これが、いいの……」

仰向けの柚仁に抱きついたまま、彼の胸に顔を押しつける。

「ありが、とう、柚仁」

「どういたしまして」

「嬉しい、すごく。こんな嬉しいこと……初めて」

私の髪を撫でる柚仁の手。彼の匂い。パジャマ越しに伝わる愛しい体温。柚仁が私のために用意してくれたという、その事実が何よりも嬉しい。嬉しくて、嬉しくて……

「……ひっく」

「泣くなよ」

「……」

「泣くな、ひま」

「だって、止まんない、んだも、ん」

「そんなに嬉しいのか?」

「うん、うっ、うん」

彼のパジャマの胸元が私の涙で濡れてしまった。ずりずりと彼の顔のそばに近づいていき、涙を拭いて宣言した。

「私、頑張る。いろいろもっと、頑張る。お料理もお掃除も、書道も、絵を描くことも」

「もう頑張ってんじゃん。そのままでいいって」

柚仁の声が、私に触る手が、とてもとても優しくて、また涙が浮かんだ。

「わかったか？　俺の本気度」

「すごく、わかった」

「よーし、じゃあ次はこうだな！」

「きゃ！」

にやっと笑った柚仁は体を反転させ、私を仰向けにしてのしかかった。頬に流れた涙の痕《あと》に何度もキスをする。

いつの間にかそれは私の唇に移動し、深いキスに変わっていた。優しく甘い舌の動きに、ため息が漏《も》れてしまう。

「ん……んん」

パジャマの中に柚仁の手が入ってくる。温かな手のひらが私の肌をまさぐり始めた。

「このあと、どうして欲しい？」

唇を離した柚仁が私の顔を覗き込んだ。

「そ、そんなの言えない」

「いいから……言えって」

耳元で、そんな声で囁《ささや》かれたら、逆らえないよ。

「……あのね」

「おう」

「今日はずっと、柚仁の顔見ながらしたい。……後ろから、じゃなくて」

顔を上げた彼が私をじっと見つめた。

「ふーん、わかった。じゃあこれから先ずっと、後ろから挿《い》れんのやめるわ」

「そ、そうじゃなくて、後ろも、す、好きなんだけども……今日は柚仁の顔を見て、いっぱい感じたいの」

何でこんなこと言わされてるの私。恥ずかしくて目を逸らすと、両頬を押さえられて無理やり彼のほうへ向かされた。

「……ばーか、嘘に決まってんだろ。前からでも後ろからでも、何でもする」

「!!」

「日鞠が喜ぶことをしたいだけだから、俺は」

ちゅっと軽くキスをされ、優しく微笑まれた。その表情に胸がきゅーっと痛くなる。

私は湧き上がる感情を素直に吐き出して、彼の首に手を回した。

「柚仁……好き!!」

「結局、今夜も好き好き言うんじゃゃんかよ」

「うん、言う。好き。大好き、柚仁」

　言葉だけじゃ足りなくて、彼の頬に私から何度も口付けた。彼の髪に私の指を通して、撫でて、足を絡ませて、私の好きを全部差し出す。でも、こんなんじゃ足りない。膨らむ気持ちをもっと……もっともっと伝えたいのに。

　もどかしい思いでいる私に、目を細めた柚仁が静かな声を出した。

「愛してるよ、日鞠」

「……え」

　かっと顔中が、ううん、体中の血が沸騰したように熱くなった。聞き間違いじゃ、ないよね……？

「参ったか」

　参りましたと返事をしようとしたのに、溢れる思いが先に立って唇から零れた。

「私も……愛してる！　柚仁！」

　悪戯《いたずら》っぽく笑った柚仁にしがみつくと、彼もまた私を強く抱きしめてくれた。

　――愛してる。

　なんて照れくさくて、恥ずかしくて、くすぐったくて……素敵な言葉なんだろう。

　長い間唇を重ねて、舌を絡ませ合った。互いが甘いお菓子にでもなったみたいに、尽きることなく、いつまでも食べ合う。

「んっ、ふ……んんぅ……ふ」

「ひま……」

柚仁が唇の隙間から、幼い頃の呼び名で私を呼んだ。こういうときに「ひま」って言われると、なぜかいけないことをしているみたいで、奥がじわっと感じてしまう。いつの間にか、パジャマのボタンを外され、ブラも上までたくし上げられていた。

「ひまの口の中、甘いな」

「ん、んん」

「もっと呑ませろよ」

「あ、んう……！」

私の口の中の唾液を、まるで花の蜜でも吸うかのように柚仁が啜《すす》っている。その行為と音がとてもいやらしく感じて、ショーツがどんどん濡れていく。

口を吸われながら、胸の先端を指で弾かれた。

「んっ、んんっ！」

ぴりっとした刺激に、体がびくんとする。すると唇を離した彼が、体を起こした。

「こっちも舐めたい」

柚仁は布団と私の腰の間に素早く手を入れ、パジャマのズボンをするりと脱がせた。パジャマの上とブラも取ってしまう。彼は、私のショーツに顔を寄せ、鼻と唇を布越しに押しつけた。

「やっ……！　柚仁、何して、るの」

「キスしてんの」

柚仁の鼻先が、ちょうど一番敏感な硬い粒に当たって、反応した腰が浮いてしまう。

「ちょ、ちょっと、や、んっ」

「いやいや言いながら、だいぶ染みてるぞ、日鞠」

ショーツをぐいと横にずらされて、濡れている部分を覗かれた。空気に晒《さら》されたそこが、すうすうする。恥ずかしさに再び顔が火照《ほて》った。

「そんなふうに見ないで、柚仁ってば……！」

「じゃあ、こうする」

「きゃ」

一気にショーツも脱がされた。隠そうとした手をどかされて、代わりに柚仁の唇がそこを覆う。

「あっ！　あ……ふ、っ」

彼はひくついた泉の入り口に、音を立てて何度もキスしている。顔を起こすと、柚仁が丁寧に唇を押しつけている様《さま》が見えてしまった。観察するみたいに、じっくり見てはキスをする、ということを繰り返している。顔を逸らして天井へ目を向けたそのとき、下半身に強い快感が走った。

「あ、んんっ、んーーっ！」

粒に強く吸いつかれて、いきなり達しそうになった。慌てて膝を閉じようとする。

「口の中と同じように舐めてやるからな」

私の両膝に手をかけた柚仁は、いとも容易《たやす》く私の足を広げ、太腿《ふともも》の間に顔を埋めた。

彼の髪が太腿の内側をくすぐる。ぬるぬるとした舌に攻められて、どうにかなっちゃいそう……

柚仁と体を合わせるようになってから、毎回彼の丁寧な舌使いで何度も達していた。

それを知った柚仁は、私を抱くときには必ず、唇と舌を使って悦《よろこ》ばせてくれる。

「柚じ、ん……あっ、あっ！」

「ひま可愛い。そんなにこれがいいのか？」

「ゆうちゃんの舌、好き、なの、すごく……。唇、も、声も、全部」

彼の温かい舌と柔らかい唇が、私を感じさせようとしているのが伝わってきた。幸せな気持ちと快感がないまぜになり、体も心もどんどん昂《たかぶ》っていく。私の太腿の間で動く彼の頭に手を置き、舐められている場所へもっと引き寄せた。

「俺も、ひまの全部が好き」

「ひぁ……っ！」

硬い粒をちゅうっと吸い上げられ、がくんと腰が震えた。気持ちよくて、もう、何も見えない……。虚《うつ》ろな視線を泳がせたとき、両方の太腿の裏に手をかけられ、一気に上へと押し上げられた。

「あ、や……っ！　何？」

足をひらかされ、お尻を持ち上げられ、座る彼の顔の前に私の蜜口が露《あら》わになっていた。下半身が完全にお布団から浮いている。

「こんな恰好、恥ずかしい……っ！　やだやだ、柚仁！」

足先をじたばたさせても、膝の裏を押さえられていて動けない。

「だって正面がいいんだろ？」

にやっと笑った柚仁が、蜜が滴《したた》り溢れているそこを、お尻のほうから粒まで大きくべろりと舐め上げた。

「やぁっ、あ、んぁっ！」

遠慮のない彼の舌使いを受けて、恥ずかしさとは裏腹に体は悦《よろこ》んでいる。

「俺の顔見てしたいって言ったじゃん」

「言ったけ、ど、きゃっ！」

柚仁は、私の腰をさらに上へ持ち上げた。私の顔のすぐ横に自分の膝があって、つま先は、お布団の上についてしまいそうな体勢にさせられた。濡れた丸出しのそこが、和室の電気に照らされてつやつやと光っている。

自分のいやらしくあられもない姿に、顔から火が出そうだった。

「奥までよく見える」

「やっ、ぁあ……見ないでぇ」

柚仁は私の腰の下に、正座した自分の膝を入れて、私を動けなくした。高く掲げられた、ひくひくしている蜜の口へ、一本、二本、と彼の長い指を挿入していく。目の前で繰り広げられる光景に私は涙を浮かべて懇願した。

「ゆ……柚仁、電気消して、ってば……！」

「嫌だ」

長い指がぐちゅくちゅとナカをかき回している。姿勢が苦しいのと、気持ちがよすぎるのと、恥ずかしすぎるのとで、頭がぼうっとして勝手に涙が零れた。

「っ……ふ、う、うぅ」

「日鞠？　悪い、痛かったか」

「ちが、やめ、ないで」

指を抜こうとした彼を、思わず引き留めていた。恥ずかしいのに、止めて欲しくない。

「恥ずかしい、けど……きもちい、いの……」

「いいのか？」

「う、うん」

小さく頷いたのを合図に、くり、と彼の指に粒を剥《む》かれて腰が跳ね上がった。

「ひぁっ！」

「見てろよ、ひま」

つやつやと赤く腫れて濡れた粒を、柚仁の舌がじらすようにちろちろとなぞる。

「やっ、恥ずかし……っ　あ、ダメ」

走る快感に仰《の》け反《ぞ》ろうとしても、がっちり押さえられていて体勢が変えられない。再び涙が零れそうになったとき、今度はナカをかき回されながら、敏感にひくつく粒を彼の唇に包まれ、一気に強く吸われた。

「イッちゃ……うぁ、や、ぁあーっ」

大きな波に引きずり込まれる。彼の指が押している内側が痙攣《けいれん》し、堪《こら》える間もなく達してしまった。

気持ちいい……。無理な体勢で息苦しいのに、体が浮いているみたい。ふわふわして、変になりそう。

これで終わりだと思ったのに、柚仁は達したばかりのそこを、まだぐちゅぐちゅとかきまぜ続けている。

「も、やめ……あ、ふっ、苦し、んう」

「まだ物足りないって顔してたじゃんか」

「違うの。ゆうちゃんの、欲し……指じゃ、なくて、ゆ、ちゃんの」

「俺の……?」

「ん、ゆう、ちゃんの、欲しい。ゆうちゃん、挿《い》れて」

お願いする私の顔を見下ろした柚仁は、指をゆっくり引き抜いた。

「んっ」

それもまた気持ちがよくて体を震わせていると、彼は持ち上げていた私の腰をお布団の上にそっと下ろした。

「日鞠に、その呼び方されると弱いんだよ、俺」

苦笑した柚仁は、天井の明るい電気を消して、部屋の隅にある小さな明かりを点けた。

快感から抜け切れない私は、その様子をぼんやり見つめていた。拘束は解かれても、心は彼の甘い罠にかかったようで、体を動かすこともままならない。あちこちぐちゃぐちゃで、なんかもう、わけがわかんない……

パジャマと下着を脱ぎながら、柚仁が枕元に手を伸ばした。視界の端でストーブの炎が、ちらちらと揺れている。

あ、ゴム着ける準備するのかな。急に恥ずかしくなって胸を隠そうとして気づいた。

私、指輪つけっぱなしだ。

「……これ、外さないと。壊しちゃったら……困る」

「こんなことで壊れるかよ」

袋を開けようとした柚仁が、こちらを見た。

「だって高価なものでしょ……？　変なことしちゃったら、申し訳ないもん」

「給料三か月分ってやつな。いまどきそういう人はなかなかいないんですよって、店で言われた」

「ほ、ほんと？　いいの……？」

もらっただけでも贅沢《ぜいたく》なのに。

「いいに決まってんだろ。一生に一度、特別な一人にしかやらないんだから、当然だ」

「……柚仁」

「だから、ちょっとやそっとじゃ壊れないって。気が散るんなら外せばいいけどさ」

「ううん。つけてたい。指輪つけたまま、柚仁としたい」

「じゃあ、つけてろ」

「うん」

目を細めた彼が、私の唇を奪った。口の中全部、隅々まで激しく舐められ吸い取られてしまう。息ができないほどに激しくて、また涙が零れる。その涙までもが彼に舐められ、呑み込まれていった。

「……私って、幸せ者だね」

「俺だって幸せ者だよ」

まくれていた布団を柚仁がかけ直してくれた。私の上に乗ってきた彼と、柔らかいお布団の中で抱き合う。

再び唇を重ねて、舌を絡めて舐め合って……あんなに濡れたのに、またいっぱい溢れてくる。柚仁の硬いモノに手を伸ばし、お返しに上下に扱《しご》いてあげた。柚仁の先端も、たくさん濡れている。指先でその雫《しずく》を丸く広げて擦《こす》ると、彼は私の耳元へ深いため息を落とした。

体を起こした柚仁が、大きく張りつめた自身に避妊具を被せる。

「挿《い》れるぞ」

「うん……きて」

「日鞠」

覆い被さってくる柚仁に両手を伸ばし、その首に絡ませる。早く、欲しい。柚仁の熱い気持ちを。濡れるここを全部、柚仁で満たして欲しい。

入り口にあてられた彼の熱を、すんなり受け入れていく。

「ああ……日鞠」

「ん、んん……」

落としていく彼の腰に合わせて、力を抜いた。

「……やべ」

眉根を寄せた柚仁が私から顔を逸らした。口を引き結んで何かに耐えている。

「どうしたの……？」

「集中してないと……すぐ出そう、なんだけど」

「え」

「日鞠が気持ちよすぎて、ヤバい」

はー……と深く息を吐いてから、柚仁が私の顔に頬ずりした。

「寒くないか、日鞠」

「うん。あったかいよ」

首に絡ませていた手を、優しく抱きしめてくれる彼の背中に回して、私も彼を抱きしめる。密着する柚仁の体温が、私をこれ以上ないほど安心させてくれる。

「日鞠のナカもあったかいな……」

「そう、なの……？」

「ああ。あったかくて、気持ちよくて、それで……優しい」

「優しい？」

切なげな表情に胸がきゅんと狭くなる。

「日鞠は優しい。つま先から髪の先まで、心も、全部な」

薄暗い中、こつんと額《ひたい》を合わせた柚仁が微笑んだ。

「柚仁だって優しい。いつもいつも優しいよ」

「そうか」

落ち着いた、と笑った柚仁は体を起こして、腰を動かし始めた。私を労《いた》わるように最初はゆっくり。そして徐々に強く、内側から私を揺さぶっていく。

「あっ、あっ、あ……」

押し出される声は、柚仁が私の奥を突くたびに、生み出されるもの。もっともっと欲しくて、出し入れされるモノを、つい締めつけてしまう。

「あー日鞠、いい……」

呻《うめ》き声を出した柚仁は掛け布団をどけて、私の両膝を折り曲げさせた。激しくするのかと思ったのに、柚仁はナカを楽しむように、わざとゆっくりと、そそり立つモノを抜き差ししている。

「んう……っ！　深、い、ゆうちゃ、んっ……！」

「可愛いな、ひま。もっと声出せよ」

幼い頃に私をからかった、彼の表情を思い出した。二人並んで写っていた写真の男の子と、目の前にいる彼の表情が重なる。忘れていたことが、少しずつ甦《よみがえ》る。

ちょっと意地悪く笑うゆうちゃんは、私が本当に困ったときは、いつだって助けてくれたこと。楽しいことも面白いことも、私が喜びそうなことも、一緒に遊んで、笑って、教えてくれたんだ。そして今も、それは同じ――

「ひぁっ！　あ、あ！」

ぐちゅぐちゅと浅く出し入れしていた彼のモノが、私の最奥へ一気に突き立てられた。

お腹の奥までずしんと響く。その拍子に再び涙が零れ、口の端から唾液が流れた。

「あんっ、あぁっ、ゆうちゃ、ん……っ！　好き、好き……！」

「いいのか、ひま」

私の目を覗き込む柚仁の瞳が熱を孕《はら》んでいる。

「うんっ、いいっ、気持ち、いい……！」

激しく腰を動かしながら、柚仁は唾液を舐め取ってくれた。耳も、唇も、首筋も、涙の痕《あと》も、彼の柔らかい舌を悦《よろこ》んでいる。

寒さなんて何も感じない。ただ、熱い。お互いの息も、肌も、つながってまざり合う場所も、お腹の中も……全部が熱い。かき回されている一番奥に、もどかしいむず痒《がゆ》さが現れ、快感を引き連れてきた。

「も、もう……私……いっ」

「ダメだ」

「え、なん、で……」

涙を堪《こら》えて彼に訴える。我慢なんて、できない。

「俺と一緒にイケよ、ひま」

膝から手を放した柚仁が、私の両頬を押さえ、深く唇を重ねた。

「んっ、んうっ！」

もう、ほんとに無理……すぐにでも、このままじゃ……

「愛してるよ、ひま、愛してる。お前だけだ、ひま」

「わ、私もっ、愛してる、ゆうちゃ……」

「もっと言え」

「愛してる、ゆうちゃ、ん！」

「言いながらイケよ、ひま……！」

「愛して、るのっ、ゆうちゃ、あ、ひぁあ……っ！」

激しく腰を打ちつけられ、我慢のできない大きな波が私を呑み込み、攫《さら》っていく。もう、もう本当に……

「ひま、愛してる」

「あ、やっ、イッちゃう……！」

「俺も……！」

「ん、んんーーっ‼」

痙攣《けいれん》した奥を彼のモノが何度も深く突き、あまりの快感に一瞬気が遠くなった。

「あ、ひま……っ」

柚仁は腰を震わせて、堪えていたものを出した。

「ゆうちゃん……好き」

「……俺も、大好きだよ」

私の体に倒れ込むように沈んだ柚仁が囁《ささや》く。優しく唇を重ねて、微笑み合った。

私の指に飾られた指輪は、抱かれている間中ずっと、太陽を反射して輝く波間のように、彼の愛を受けて、きらりきらりと光っていた。まるで永遠の愛を祝福してくれているかのような温かい光で――

＋　＋　＋

椿《つばき》の咲く垣根を曲がって、黒い門を開ける。

「ただいまー」

実家の玄関を開けると同時に、スリッパの音をさせながら、琴美姉が子どもたちと出迎えてくれた。

「明けましておめでとう、日鞠。久しぶりだわね」

「明けましておめでとうございます。私の年賀状届いた？」

「届いてたよ。上がんなさい、寒かったでしょ」

「ひまちゃん、早くおいでおいで」

子どもたちに手を引かれ、玄関から廊下へ上がった。

「お邪魔しまーす」

一月一日の、お昼前。久しぶりに私は、ここ杉田家へ帰ってきた。

琴美姉たちとはスマホで連絡を取り合ってはいたけれど、花岡家で働き始めてから、帰ってくるのは初めてのことだ。お正月くらいは実家でゆっくりしてこいと、柚仁が送りだしてくれたのだ。彼は畑があるので自分の実家には帰らないらしい。

和室の居間には琴美姉と幸香姉の家族が集まっている。私よりもひと足先に到着していたおじいちゃんが、ビールのグラスを持ち上げた。

「日鞠、先にやっとるぞ」

「お帰り、日鞠」

「日鞠ちゃん、お帰り」

幸香姉と旦那さんたちが、笑顔で私に声をかけてくれる。

「皆さん、明けましておめでとうございます。今年もどうぞよろしくお願いいたします」

　正座をして両手をつき、頭を下げた。半年前と同じポーズだよね、これ。

「その節はいろいろとご迷惑をおかけしまして……」

「日鞠……」

「いいからいいから、顔上げて。ほら、日鞠ちゃんも飲みな」

　琴美姉の旦那さんが、グラスにビールを注いでくれた。皆で乾杯をして、私もビールを飲む。帰れる家があるのって、やっぱりいい。

　バッグの中からポチ袋を取り出し、甥《おい》っ子と姪《めい》っ子たちへお年玉を配った。

「ひまちゃん、ありがと」

「いえいえ、どういたしまして」

　久しぶりに叔母らしいことをしてあげられた気がして満足していると、琴美姉が私のそばにきて、こそっと耳打ちした。

「ちょっと日鞠、大丈夫なの？　無理してない？」

「大丈夫、大丈夫。お給料もらってるし、それに心配されるほどは、あげてないからさ」

「悪いわね」

　幸香姉も私のほうを見て、申し訳なさそうな顔をした。そりゃそうだよね。半年前はお金がなくなった、住む家もないと泣きついたんだから。もういい加減、皆を安心させてあげなくては。

「お仕事のほう、順調なんだって？　おじいちゃんに聞いたよ」

「うん。何とか頑張ってる」

「書道の先生がいい方なのね。ひとまずは安心ね」

二人の姉の機嫌はよさそうだし、旦那さんたちもほろ酔い状態だし、子どもたちはあっちで遊び始めたし……このタイミングで言ってしまおうか。

「それでね、あの～」

「どうしたの」

「その先生が、こっちにきて幸香姉と琴美姉に挨拶《あいさつ》したいんだって」

「あら、そんな……。お世話になっている立場なんだから、お伺《うかが》いしなくちゃいけないのはこちらなのに」

「そうなんだけどね、どうしてもきたいって言うの」

きちんと挨拶させて欲しいから、都合を聞いてきてくれと柚仁に言われていた。

「もちろん大歓迎だけど……もしかしてあんた、何かしたの？　どうしてもきたいなんて、おかしくない？　何か失礼なことでもしたんじゃ」

グラスを置いた琴美姉が怪訝な顔をする。

「それは、ないない！　ないんだけどもね」

「そんなことしてないよなぁ、日鞠？」

おじいちゃんがこっちを見て、にこにこしている。何もかもお見通しの顔、ですね。

「なあに？　おじいちゃんまで」

「日鞠が教えてくれるさ。ほれ、言ってしまえ、日鞠」

「う、うん」

私が正座をし直すと、そこにいる大人全員も背筋を伸ばして、私に注目した。あー恥ずかしい。

「あの、その先生と、お付き合いをさせていただいておりまして、ですね……」

「……は⁉」

「だからね、書道の先生とお付き合いを」

「えええーー‼　だ、だって、先生っておじいちゃんくらいの歳でしょ⁉　ダメに決まってるでしょうに！」

琴美姉の声が響き渡った。それを聞いた子どもたちが、リビングからこちらの部屋へやってくる。

「いやあの、そうじゃなくて」

「そりゃあね、恋をするのに歳の差なんて関係ないわよ？　でも、いくら何でも差がありすぎよ！」

「私も琴美姉の言う通りだと思うわ」

「いや、でも、会ってみなければわからないんじゃ……」

「あなたはまたそんな呑気なこと言って……！　そんなの会わなくたってわかるじゃない」

　穏やかな空気が一変して、もうぐちゃぐちゃ。パニくってる琴美姉と幸香姉を、それぞれの旦那さんが宥《なだ》め、大笑いしているおじいちゃんに、子どもたちがどうしたの、と質問をしている。

「もう！　皆、落ち着いて聞いてよ～!!」

　お腹の底から大声を出すと、驚いた皆は口を閉じ、私を見て目を丸くした。

「先生は私の保育園のときの幼馴染《おさななじ》みで、書道家の先生のお孫さんなの！　今は彼も書道家として跡を継いでるの！」

「……幼馴染み？」

「そう。だから歳は私の二個上だよ。私も、最初はおじいちゃんくらいの人かと思ってたんだけど、全然若いから。大丈夫だから」

　琴美姉が安心したように、ほっと息を吐いた。

「な、なーんだ。焦《あせ》っちゃったわよ。って、そんな若い男の人と一緒に暮らしてたの⁉」

「ちゃ、ちゃんと真面目にお仕事してたよ？　先生、すごい厳しかったし、結構重労働だったし」

「ふーん。でもそれで、いつの間にかそういうことになっちゃったんだ、ふーん」

「幼馴染みだったことに気づいたのは、働き始めてしばらく経ってからなの。先生はわかっていても、仕事に甘えが出ないようにあえて黙っていてくれた。おじいちゃんは知ってたみたいだけど」

　琴美姉と幸香姉が、同時におじいちゃんを横目で見る。

「まさか、おじいちゃんの策略？」

「策略なんて人聞きの悪い。でも、いい男だからなあ、花岡先生は。日鞠とくっついたら、こんなに嬉しいことはないと思ってたよ」

　おじいちゃんが仕組んだことに、今は私も柚仁も心から感謝してる。おじいちゃんが紹介してくれなかったら、彼とこんな形で再会はできなかったかもしれない。

「ねえ、幼馴染みということは、もしかして、私たちも知ってる人？」

「どうだろう。私も思い出すのに時間がかかったくらいだから……。花岡柚仁、っていう名前、わかる？　私はゆうちゃんって呼んでたんだけど」

「花岡さん、ねえ……。覚えがないなあ」

「おじいちゃんちの近所の子?」

「そうだよ」

「うーん、ごめん。やっぱりわからないわ。早くお会いしたいわね」

これで柚仁のことはクリア、で大丈夫だろうか。今日はもうひとつ、聞いて欲しい大事なことがあった。絵を描いていた私のことを、ずっと心配していた姉たちに。

「私、三月に、その書道の先生の家で個展をひらく予定なの」

自分でも驚くくらい、清々《すがすが》しい声が出せた。

「日鞠、あんた……」

反対に幸香姉の声は不安げだった。

「私、絵を描くことに挫折《ざせつ》してたの。お金がなくなったのは本当だけど、それだけでこっちに帰りたいと思ったわけじゃなかった。でも、絵を描くのが楽しいって、やっとまた思えるようになったんだ。ブランクがあって上手くは描けない。でも、もう少し頑張ってみようかと思って」

心に秘めていたことを告げると、意外にも姉たちは穏やかな表情を見せた。

「そう。うん、いいじゃん。いいと思うよ」

「その……ごめんね。ずっと前から心配かけてたんだよね、私」

「家族なんだから心配するのは当たり前。元気でいてくれれば、それでいいのよ」

目を伏せた琴美姉の優しい言葉に涙が出そうになる。ぐっと堪《こら》えて、気づかれないように呑み込んだ。

「そういうこと。ねえ、日鞠。その個展は見に行ってもいいの？」

幸香姉に明るく聞かれ、気持ちを切り替えて答えた。

「まだ、ダメ。もっともっと自信がついたら、そのときにお姉ちゃんたちを自分から招待します」

「いつになるやら、ね」

「近いうちにできるように頑張ります」

お姉ちゃんたちに絵のことを堂々と話せる日がくるなんて、自分でも驚きだ。ずっとずっと引っかかっていた心のつかえが、ようやくすとんと取れてなくなった。

「書道の先生も応援してくれてるんだよな、日鞠」

「うん！　彼のお陰で、また筆が持てるようになったの」

「いい方なのね」

「いい人だよ。カッコいいし、男らしいし、口は悪いけどすごく優しいし」

自分で言いながら顔が熱くなる。でも本当のことだから。

「へえ〜。ねえ、うちのアルバムに彼の写真はないの？　おじいちゃんのところは？」

「俺の家には一枚あったが、先生に渡しちゃってな」

「あ、私それ知ってる。柚仁が隠してたのを見ちゃったの」

「ははは、先生隠してたのか」

皆でわいわい話しながらアルバムを探した。

もしや、これがそうなんじゃない？　という写真が一枚だけあった。おじいちゃんちの庭で、私が笑顔のドアップで写り、すぐ後ろで私にくっついて笑っている男の子がいる。多分これが、柚仁だ。

私の家の思い出の中に柚仁がいてくれたことが嬉しくて、心がぽかぽかと温かくなった。お姉ちゃんたちは、これじゃよくわからないから早く連れてきて、と私にせがんでいる。

その後、おせちやお雑煮を食べ、甥《おい》っ子姪《めい》っ子たちと遊び、お酒を飲んだ私は、ソファでうとうと眠ってしまった。この楽しい大騒ぎの中に、来年は柚仁も加わっているのかな……。幸せな疲れの中、そんなことをぼんやり思いながら。

＋　＋　＋

アトリエとなった屋根裏部屋の小窓の出っ張りに、小鳥が二羽遊びにきている。ここは真冬の二月も暖かくて過ごしやすい。

「うーん、構図がダメだったかなぁ。最初から描き直しかも」

仕上がり前の絵を見てひとりごちる私へ、応えるように小鳥がぴちぴち鳴いた。やっぱり直したほうがいいのね、そう言ってるのね。

「でも、この色はいいと思うんだ。ギャラリーに飾る頃、ぴったりな春色でしょ？」

右手で筆を動かしながら、左手をチラリと見る。小窓から入った日の光に当たって、ダイヤが輝いた。

「綺麗……」

これを見るたびにニヤニヤしてしまう。お前怪しいぞ、って何度も柚仁に言われたけど、仕方ない。だって自然に出ちゃうんだもん。


一月の終わりに、柚仁が約束通り、私の実家にきてくれた。

お姉ちゃんたちも、お義兄《にい》さんたちも、その日は皆、見たことないくらいそわそわしていて、こちらが笑っちゃうくらいだった。柚仁がしっかりと挨拶《あいさつ》をしてくれたお陰で、お姉ちゃんたちは、心の底から安心したと嬉しそうに笑ってくれた。特に琴美姉は、私と柚仁を交互に見ながら涙ぐんでいて……。そのときのことを思い出すと、また涙が出そうになる。

今まで好き勝手ばかりしてきたんだから、もう少し姉孝行しないと。せめて、マメに実家を訪れるくらいはしてみよう。おじいちゃんと一緒に。

「ちょっと休憩しよ」

息抜きに階下へ降りた。お庭の前の和室へ向かうと、柚仁が畑で何かを収穫しているのが見えた。広縁《ひろえん》から下りてサンダルを履く。暖かい日向の室内に反して、真冬の空気はまだまだ冷たい。

「柚仁」

しゃがんでいる背中に声をかけた。

「おう、見ろよ日鞠。こんなに採れたぞー」

平たい竹製のざるを持ち上げて、彼が立ち上がる。ころころとした緑色の野菜を差し出した。

「わぁ、可愛い！　これって芽キャベツ？」

「そうだ。初挑戦にしては、いいのができただろ？」

「ずっとブロッコリーが生えてるのかと思ってた。こんなふうになってるんだ」

ブロッコリーの茎に似たものに、丸くて小さなキャベツがぎっしりついている。最近畑は手伝っていなくて、全然気づかなかった。

「柚仁って、何させても天才だね」

「まーな。これ使って昼メシ作るか」

「何にするの？」

「ベーコンと炒めてパスタ、ゆで卵と和えてサラダ、豚肉と一緒に味噌炒め、浅漬け、串揚げも美味《うま》いらしい。時間があればクリームシチューとかポトフだな」

全部美味《おい》しそうで迷ってしまう。考えながら彼の顔を覗き込む。

「クリームシチューがいいなぁ……今日寒いし」

「昼、すぎるぞ。そんなに待てるのかよ」

「待てます！　絵を描いて待ってるので」

「わかった。特別美味いの作ってやるからな。お前は絵を頑張れよ」

「ありがとう。柚仁、好き」

「お前は本当に何でも好き好き言うな、全く」

「だって柚仁が大好きなんだもん」

彼の腕におでこをくっつけると、頭上からぽつりと返事が届いた。

「俺も大好きだけど」

ざるを足元に置いて、かがんだ柚仁が、そっと唇を重ねた。お返しに、背伸びをして私からもキスをする。私を抱きしめた彼が、こつんと額《ひたい》を合わせた。何だかくすぐったくて、幸せで……微笑み合いながら、もう一度キスをする。

私を抱きしめる彼の腕の中で見上げた空は、真っ青な冬晴れ。

私たちの後ろには美味《おい》しそうな実のなる、小さな畑。
庭のどこかを猫が通りすぎて行く。
広く味わいのある古民家で、今日も私はあなたに恋を教わるの。
愛に変わった、その文字を。

# 「春、うらら」

広縁《ひろえん》を掃除していた私は、朝日を浴びながら立ち上がった。堂々とした美しい文字の書を両手で掲げていた柚仁が、紙の裏側からひょいと顔を出す。

大きな書道用紙には「杉田日鞠　大絵画展」と墨《すみ》で書いてある。

「これでどうだ？」

「どうって……壮大すぎないかなぁ」

「どうせやるなら壮大にいけよ」

「私には、そんなすごいの背負える技量がないし、思いっきり本名だし……やっぱり使えないかなーなんて。せっかく書いてもらったのに、ごめんなさい」

「そうかよ」

「あ、でもその書は欲しいな」

「なんで」

「屋根裏部屋に飾るの」

前に「日鞠」って、何日もかけて書いてくれた書と一緒に、大切に飾りたい。ああ、ダメ。告白されたときのことを思い出すと、今でも顔がニヤけてしまう。だってあの字のテーマは、かけがえのないもの。柚仁のかけがえのないものが私なんて……。本当に嬉しすぎるから。

「何笑ってんだよ」

「う、ううん。なんでもない」

「二十万な、これ」

「……はい？」

「お前には特別価格で買わせてやるよ」

「ええぇ！　お、お金取るの⁉」

甘い感傷を一気に吹き飛ばしたよ、この男！

そりゃ、その世界では有名な人だから、それくらいはするのかもしれないけど……。

一応未来の妻になろうとしている私に、そういうこと言う？

——約三か月前の冬の夜。

寝る前のひととき、ストーブの前で柚仁から婚約指輪を贈られ、私たちは婚約した。

だからといって生活が丸ごと変わったわけではなく、私は今まで通り家政婦の仕事をさせてもらっている。お給料も普通にもらってるけど……これ、結婚したらどうなるんだろう。

そして私は宣言していた通り、花岡家のギャラリーを借りて、ささやかな絵画の個展をひらこうとしていた。世間では春休みにあたる、三月最後の日曜日の予定だ。

「じゃあ……いっぺんには払えないので、お給料から少しずつ引いてください」

「お前が金の代わりにいろいろ奉仕してくれるなら、二十万はいらない」

「奉仕って、お掃除とか？」

「違う」

「畑仕事とか、お庭の草むしり？」

最近暖かくなったせいか、外でいろんな虫を見かけるようになった。特に芋虫ちゃん系。だいぶ慣れたけど、やっぱりまだ怖い。トカゲもいそうだし。

「お前わかんない振りして、わざと煽《あお》ってんの？」

「煽る？」

「夜、布団の上で俺に奉仕しろって言ってんの」

「!!」

「何してもらおうかなー。まだやってないこと、いろいろあるよなー」

「……柚仁の変態」

ははっと笑ったあと、ちょっと待ってろ、と言って柚仁は仕事部屋に戻った。雑巾《ぞうきん》がけの続きを始めると、すぐに柚仁の足音が近づいた。

「んじゃ、これ」

手を止めて、柚仁が差し出した大きな書道用紙を見上げる。

――春のうららの、ひまり展

ひまりの文字が、ひらがなになっている。春のうららって、何だか可愛い。

「これ、いい。うん、すごくいいです！」

「気に入ったか？」

「うん、とっても素敵！　これを使ってチラシ作ってもいい？　あ、入り口にも飾りたいな」

「おう、作れ作れ。飾れ飾れ」

「ありがとう柚仁！」

「よしよし、ご奉仕な」

書道用紙をそっと床の上に置いた柚仁が私の手を取った。

「……何、すればいいの？」

「耳、貸してみ」

立ち上がった私の耳に彼の息がかかる。と同時に届いたのは……朝日を浴びながら何言ってんでしょうか、この人は！　という内容。

「や、ん……もう！」

肩を縮ませると、彼の腕の中に閉じ込められた。

「これくらい、いいじゃん。最近お前、屋根裏部屋にこもりっきりで、全然一緒に寝てくんないし」

「は？」

「寂しい？」

私の顔を覗き込むようにした彼は片眉を上げて、呆れたような声を出した。

「柚仁……寂しくないの？」

「……寂しい、けど」

表情とは反対の、彼の素直な言葉に思わず笑ってしまう。

「何笑ってんだ、コラ」

「私も本当は、すっごく寂しい」

ぎゅーっと抱きしめられたから、私もお返しに彼の背中に回した両手に力を入れた。

もう二週間以上、彼と一緒に寝ていなくて……抱かれていない。

「お客さん、きてくれるかなぁ」

柚仁の胸に顔を擦《す》りつけながら呟《つぶや》いた。

新しく作ったSNSに投稿して、ブログも始めてみたら、私の絵だと気づいてくれた人が何人かいた。まだまだ閲覧数は少ないけれど、見てくれる人を大事にしたい。

「春休みで観光客も増えるっちゃ増えるだろうが、ギャラリーまでくるかは微妙だな。まぁ一人二人くらいは入るだろ」

「一人でもいい。見てくれる人がいれば、それで十分」

私の絵を気に入ってくれる人が、一人でもいればいい。

身近にいる柚仁を見ていたら、もっとのんびり、自分に合うペースでやればいいと思えるようになった。とはいえ、やるなら全力でやりたいから、自由時間はめいっぱい絵に費やしていた。まだ少し、あともう少しだけ、作品の数を増やしたい。

「宣伝はちゃんとしとけよ？　チラシができたら、俺も知り合いに置いてもらえるようにたのむから」

柚仁が私の髪を撫でながら、優しい声で言った。

「ありがとう。私もいろいろお願いしてみるね」

背伸びをして彼の頬にキスをすると、お返しにおでこへキスしてくれた。

もっといちゃいちゃしていたいけれど、やることはまだたくさんある。協力してくれる柚仁のためにも、そしてもちろん自分のためにも、しっかり頑張らなくては。

春のうららの、ひまり展、うまくいきますように。

＋　＋　＋

柚仁に協力してもらった「春のうららの、ひまり展」のチラシが出来上がった。

配るために、チラシを持って花岡家を出る。柚仁は出かけていて、今から一時間後の三時に、海のそばにあるいつものカフェで待ち合わせていた。

泣いても笑っても、あと二週間しかない。きてくれた人に楽しんでもらえるように、できる限りの用意はしておこう。

外は春らしい暖かな陽気だ。蕾《つぼみ》が膨らみ始めた桜の木が川沿いに並んでいる。

まずは公民館へ行ってチラシを置かせてもらった。花岡家のギャラリーはここでも有名らしく、行きますねーと声をかけてくれる人もいて嬉しい。

柚仁指定の、商店街にあるお店で薩摩《さつま》揚げと竹輪《ちくわ》と油揚げを買う。そこでもチラシを置いてもらえた。帰りは駅周辺でお願いしてみようかな。

海へ向かって歩く。よく行くパン屋さんや、お気に入りの雑貨屋さんにもチラシをお願いしてみると、快《こころよ》く引き受けてくれた。しかも、激励の言葉までいただいてしまった。

一人でコツコツやっていると、本当にこれでいいのか、つまらない作品を作り続けているんじゃないかと迷いや自信のなさが出てくるときがある。だからこうして協力してもらえると、嬉しさと勇気が湧き上がってすごく励みになるのだ。少しでも気にかけてくれる人がいるなら、精いっぱい頑張りたい。

潮風が穏やかになっている気がした。もう、冬は終わりなんだ。海も空も優しい色に変わっている。早く柚仁と、春の海の早朝お散歩をしたい。

そんなことを考えながら、いつも行くカフェのドアを開けた。ちょうど待ち合わせの時間になる頃だ。

「いらっしゃいませー。あ、こんにちは！」

「こんにちは」

相変わらずコーヒーのいい香りが漂《ただよ》っている。今日もミルクたっぷりのカフェオレにしようっと。

「あの、待ち合わせなんですが——」

「かしこまりました。こちらへどうぞ。花岡先生ですか？」

「えーと、はい」

「仲いいですよねー」

「えへへ……お陰さまで」

いつもの店員さんに笑いかけられて、思わずにやにやしてしまった。

「そういえば、ご婚約なさったそうで。おめでとうございます」

「え、あ、ありがとうございます」

あー顔が熱い。照れを誤魔化すために、手にしているものを店員さんに見せて話題を変えた。

「そうだ。あの、これチラシなんですが、こちらに置いていただけますか」

「ああ、花岡先生から伺《うかが》ってますよ。レジの横に置かせていただくのと、入り口にも貼らせてもらいますね。店長の許可も取ってますんで」

「わぁ、ありがとうございます！」

と、席に向かっていると、カウンター席に座っていた人が立ち上がって私の目の前にきた。うわ、この人すごく背が高い……！

立ち止まって、男の人を見上げる。柚仁と同じ歳くらいだろうか。短髪の彼が、にこっと笑った。

「運命感じました」

「？」

「すっごく可愛い。超オレ好みです」

「……へ？」

誰に言ってんの？

周りを見回し、後ろまで振り返ったけれど、そばに他のお客さんはいない。……まさかの、私？

「近くに住んでるんですか？　オレ鵠沼《くげぬま》からきたんですけどー。あ、ちなみに名前は相良《さがら》といいます」

「え、あのちょっと、え、私？」

店員さんと同じようにイイ色に日焼けしていている彼は、白い歯と茶色の瞳を輝かせてしゃべり続ける。

「ウィンドサーフィンやりたくなって、すぐそこのスクールに通ってるんですよねー。波乗ります？」

「い、いえ……インドア派なので」

「趣味が違うってのもいいよね～」

「ちょっと相良くん。お客様、困ってらっしゃるから、そのへんで。ね？」

店員さんが私と彼の間に入ろうとしたのに、相良さんとかいう男性は、ちょっとだけお願いと言って、また私に向き合った。

この人、何なの？　ここの常連客？　にしては初めて見る顔だ。店内でナンパって、初めて遭遇したんですが。

「インドア派ってことは、普段何してるの？」

「普段は俺の婚約者してんだけど」

聞き慣れた声に振り向くと、私の大好きな人がこちらを睨《にら》んでいた。

「柚仁！」

ドラマのヒーローみたいなナイスタイミング！　柚仁がいつもの何倍もカッコよく見える！

「なーんだ、彼氏持ちかぁ残念。って、え、婚約者!?」

「そうそう。だから相良くん、もういいでしょ？」

大きな口を開けた相良さんに、店員さんが再び言ってくれた。困っちゃうよね、店員さんだって。私は柚仁のそばに行き、彼の少し後ろに立った。相良さん……離れて見ると、なかなか爽《さわ》やかでいい感じなのに。こういう強引さって、あんまり女子ウケよくないと思うんだ。

「そっかー。運命感じたのになぁ。あ、でもせっかくだから、これは行ってもいいですよね？　ちょっと興味ある」

相良さんは私の持ってきたチラシを、店員さんの手から一枚持ち上げた。個展にくるの？　この人が？

驚く私に、相良さんは少しかがんで、離れたところから笑いかけた。

「結婚してないなら、まだチャンスはあったりして」

「あ？　微塵《みじん》もねーよ、そんなもん。大体誰なんだ、お前」

ちっと舌打ちをした柚仁が私の二の腕を掴む。

「そんな怒らないでくださいよ～。彼氏がいるなら手は出しませんから。じゃーオレは帰るんで。ごちそうさまでしたー」

チラシをひらりとさせた相良さんは、お会計をしてカフェを出て行ってしまった。

私たちは案内された席に着き、私はカフェオレを、柚仁はエスプレッソを頼む。……柚仁、ものすごく機嫌悪そうなんですが。

「花岡先生すみません。あいつ弟の友達で、普段はいい奴なんですけどね～。可愛い女の子を見ると、どうしても声をかけずにいられないらしくって」

苦笑した店員さんが気を遣って、クッキーをサービスしてくれた。けれど、柚仁は頷くだけで気まずい空気が流れ続けている。こ、怖いよー。

家に帰ってからも柚仁の不機嫌は続いていた。

別に私が悪いわけじゃないよね？　ただのナンパだし、誰にでも声かけてるみたいだし、私が特別ってわけでもなさそうだし。うん、私悪くない。

夕食後、台所で食器洗いをしながら悶々と考えていると、背中をぐいっと押された。

「きゃ！　ちょっ、柚仁？」

顔だけ振り向くと、彼が私の背中に自分の背中を押しつけて凭《もた》れかかっている。

「柚仁、重いってば」

「お前はさー、ああいうチャラっとしたヤツにモテんのか？」

「別に、モテてないけど？」

「あそこのカフェの店員だって、いつもお前のこと可愛いって言うじゃねーかよ。あいつもサーファーだし」

「店員さんは皆にそう言ってるの。ただのリップサービスだよ。それにサーファーがチャラいっていうのは偏見じゃないの？」

「それは確かに。だけどあの店員はリップサービスとも思えないんだよなー。他の客に可愛いって言ってるの聞いたことないぞ？」

「柚仁が一緒だから、気を遣ってくれてるだけだってば」

「そういうもんか、ねー」

「う……柚仁てば、重い」

ぐいぐい押されながらも、何とか洗い物を終わらせた。やっと離れた柚仁が、私を優しく抱きしめる。彼の言動をひとつひとつ思いだし、小さな声で聞いてみた。

「もしかして柚仁、焼きもち妬いてる？」

「悪いかよ」

「！」

「俺、言ったじゃん。すっげー嫉妬《しっと》深いって」

この前から素直な彼に、ぶわーっと顔が熱くなる。悪いかよって、なんか……可愛い、柚仁。

「ひまり展終わったら、覚悟しとけよ？」

「な、何を？」

「ご奉仕だよ、ご、ほ、う、し！　待ってるからな！」

「ひゃ」

頬を擦《こす》りつけられながら、腰に回された両手でぎゅーっと抱きしめられた。

そろそろ台所用のストーブはいらないくらいに暖かかった。大好きな柚仁の匂いに包まれて、くすぐったい気持ちに浸《ひた》る。

「頑張れよ、ひま」

「ありがとう、ゆうちゃん」

「可愛い。日鞠、可愛い、好き」

頬と唇にたくさんキスをされて、昼間見た桜の蕾《つぼみ》のような淡いピンク色に、心が染まっていくのがわかる。

「私も……大好き」

私の返事に、はーとため息を吐《つ》いた彼が呟《つぶや》いた。

「あー早くヤリてー」

「こ、心の声だだ漏《も》れなんですけど」

「日鞠が頑張ってんだから我慢する。もの作り出すのって、体も精神も疲労が半端ないもんな。無理しすぎるなよ？」

「はい」

背中をぱんぱんと軽く叩かれて、もう一度キスをした。

柚仁から恋の力を充電された私は、気合を入れて屋根裏部屋に向かった。

＋　＋　＋

今日はいよいよ個展の日だ。

柚仁が書いてくれた書を大きな額《がく》に入れて、玄関前に飾った。開け放した門の横にチラシを三枚並べて貼り、ひまり展のギャラリーがここだと、わかりやすくしてみる。

「いい天気だー」

昨夜降っていた雨はすっかり止んでいた。朝から気温が高く、過ごしやすそうだ。若葉の上に残った水滴が、朝日に照らされて光り輝いている。

逗子駅だけではなく、鎌倉駅周辺にもチラシを置いてもらったから、観光客がこっちまで流れてきてはくれないかと期待している。一人でもいいから見にきてほしいとは言ったけど、もっと多ければそれは本当に嬉しいことだから。

門から玄関前までお掃除して、金魚鉢の水を取り替え、三和土《たたき》は雑巾《ぞうきん》でぴかぴかに磨いた。準備が進んでいるということは、ギャラリーをひらく時間が近づいたというわけで。あー……ドキドキしてきた。

誰かきてくれるだろうか。せっかくきてくれても、がっかりされたらどうしよう。期待外れだと思われたら——絵を描くことのできなくなったきっかけが、頭をよぎる。

こちらへ向かってくる足音に顔を上げると、柚仁が目の前にやってきて腕を組んだ。玄関にしゃがんでいる私を見下ろす。

「いよいよだな。抜かりはないいな?」

作務衣《さむえ》着込んじゃって、私よりも気合十分だよ。

「……多分」

「何だよ、その気のない返事は」

「なんか緊張してきちゃって……」

頑張ればいいというものでもない。頑張っても、才能がなければ全部無駄になるのかもしれない。

「誰もきてくれなかったらカッコ悪いかなーなんて。描いたことが無駄になっ――」

「日鞠、立て！」

「え、はいっ！」

柚仁の大きな声に驚いて、飛び上がるように立ち上がった。

「ちゃんと頑張ったんだろ！　違うのか」

「え、はい、頑張りました」

「一生懸命やったんだろ。まさか手ぇ抜いたのか⁉」

「ぬ、抜いてません！　一生懸命、やりました」

「本気でやったんなら、誰もこなくたってカッコ悪くなんかねーよ！」

「！」

「自信持っていけ！　きてくれた人には、そんな自信のないところは微塵《みじん》も見せるんじゃないぞ。失礼だからな」

「は、はい！　……はいっ！」

柚仁の言葉が胸に響いて、思わず泣きそうになってしまった。

「それならよし！」

ばしばしと背中を叩かれた。結構痛かったけど、気合を注入してもらえたお陰で、緊張も自信のなさも、どこかへ飛んでいった。ありがとう、柚仁。本当にありがとう。

全ての準備を終えて十一時からギャラリーをひらいた。

今日は柚仁が受付をしてくれる。私は庭に面した広い和室の隅に小さな文机《ふづくえ》を置き、その前の座布団の上に座って、お客様を待っていた。

夏にお手伝いをした、大学生たちの個展を思い出す。彼らもきっと、こんなふうに期待と不安でいっぱいだったんだろうな。

壁際と中央に置いた大きな平机に、私の作品を展示した。保存していた過去の数点の作品を新作と一緒に並べると、何とか数だけはサマになった気がする。

遠くから話し声がし、すぐにこちらへやってくる足音が迫った。ドキドキして待っていると、三人の女子がギャラリーに足を踏み入れてきた。

「わぁ、可愛い〜」

「どれどれ？」

若い子たちだ！　大学生くらいだろうか？

「いらっしゃいませ。ごゆっくりどうぞ〜」

こちらを見た彼女たちに笑顔で挨拶《あいさつ》する。とはいえ、私にあんまりじっと見られたら、彼女たちも回りづらいと思うので、私は手元にあるノートにラフ画を描いたり、置いてある名刺を整えたりして、お客さんとの距離を保つように努めた。

「あのー」

「は、はい」

目の前にきた女の子を見上げる。前髪ぱっつんの個性的なオシャレ系女子だ。

「このポストカードって買えるんですか？」

「はい。展示してある絵から、五枚の絵柄のものがセットで入っています」

「じゃあ、これください」

「あ、ありがとうございます！」

やった！　ちょこっと飾りをつけて可愛くラッピングしておいた甲斐《かい》があった！

他の女子も一緒にカードを買って、何度も絵を眺めてくれた。名刺が欲しいと言ってくれた人までいて……嬉しくて涙が浮かんでしまった。

目の前で生の反応をもらうって、ものすごいパワーになる。それだけじゃなく、私の作品にお金を出す価値を見出してもらえるのは、本当に幸せなことだ。

久しぶりに味わう何とも言えない高揚感で、全身が熱くなった。

その後も、何度か来客があった。ざっとしか数えていないけれど、二十人はきてくれたと思う。

「日鞠、悪い。ちょっと仕事ができたんで部屋に戻る。困ったら声かけてくれ」

「あ、はーい。受付ありがとうございました」

「おう。あと少し頑張れよ」

「うん!」

柚仁にぽんと肩を叩かれ、笑顔で応えた。

柚仁が仕事部屋にこもってから、十人ほどのお客さんの出入りがあった。人がこなくなり、しばらくして時計を見上げると、三時半を指している。あと三十分でひまり展は終わりだ。玄関に誰かがいる気配はしないし、そろそろ片づけを始めてしまおうか。

十セット作ったポストカードは、残りワンセット。それに加えて絵が五枚も売れたなんて、これは本当に奇跡だ。嬉しいどころの話じゃなくて、幸せすぎて叫びだしたい気分。あー早くこのことを柚仁に教えたい……!

部屋をうろうろしながら、一人で頬を緩ませていた、そのときだった。

「こんにちは」

「こん、あ……!」

部屋へ入ってきたのは、五月女さんだった。どうして、ここに……?

「お久しぶりです」

「お、久しぶりです」

明るい笑顔を向けられて動揺する。

「チラシを見て、きちゃいました」

「あ、ありがとうございます! どうぞ、あの、ゆっくり見て行ってください」

柚仁に会いにきたんじゃないの、かな。

「あの、呼びますか？　ゆ、花岡先生、奥の部屋にいますので」

「いいえ、今日は花岡先生に会いにきたんじゃないんです。あなたの作品を見にきただけなので」

お構いなく、と笑った五月女さんは、私の絵をゆっくりと眺め始めた。

前にも、こういうことがあった。学生たちがこのギャラリーで共同個展をした夏の日だ。あのときは、五月女さんと柚仁が仲良く作品を見ているのを廊下からこっそり覗いて、一人惨《みじ》めな気持ちになっていた。

「お祭りの前の日にね」

腰をかがめて灯篭《とうろう》の絵を見つめる五月女さんが、静かに話し出す。

「ご存知かもしれませんが、私、花岡先生に告白したんです。もしも花岡先生が私とお付き合いしてくださるのなら、お祭りにきてくださいって。次の日、待ち合わせの場所に現れた花岡先生を見つけて一瞬浮かれたんですが……」

「……」

「見事に振られちゃいました。そのとき花岡先生が、あなたのことを婚約者にしたいと言っていました」

「柚仁が、私を……？」

「まだそういう関係ではないが、そうなれたらいいと思うくらいに……杉田さんのことが大好きだと、はっきり言われました」

こちらを振り向いた五月女さんの発言に顔が熱くなった。

夏祭りへ行ってしまった柚仁が、彼女を選んだと思い込んでいた私は、花岡家で一人めそめそしていた。彼がそんなことを伝えていたのも、知らずに。

「でも私、しばらく花岡先生のことを諦めきれなかったんです。失礼な言い方ですが、どうしてそんなにあなたがいいのか、私ではなくてあなたを選ぶのか、理解できなかった。ただの家政婦で、書道専門店で店番をしているだけの人の何がいいのって。嫌な言い方でごめんなさい」

俯《うつむ》いた五月女さんが、なんだか小さく見える。

「そんなこと……」

「そのあとも、ずっともやもやしていて……年が明けてから、こちらのギャラリーのホームページを見つけたんです。それで今日のことを知って、ここにきました」

顔を上げた彼女は、にっこり笑って背筋を伸ばした。

「花岡先生があなたを選んだことに納得しました。こういうふうに頑張っていらしたんですね。それに、さっき花岡先生を遠目にちらっと拝見したんですが、とても幸せそうな顔をしていらっしゃいました。これで、きっぱり諦めもつきます」

真っ直ぐこちらを見つめる五月女さんに、私も背筋を伸ばして精いっぱい応える。

「五月女さん」

「はい」

「うまく言えないんですが……きてくださって、本当にありがとうございました」

「お元気で」

「五月女さんも」

うん、と頷いた彼女の笑顔は爽《さわ》やかで、玄関を出るときに翻《ひるがえ》ったスカートが、とても軽やかに見えた。

彼女が去って、私も玄関へ背を向けた。ところが、背後から声をかけられた。

「すみませーん。こんにちはー」

「はい、いらっしゃいませ、あ……！」

帽子を取って靴を脱いだ男性は、私の顔を見て笑った。カフェで会った、相良さんだ……！

「お邪魔しますねー」

「ど、どうぞ……」

驚いた。冗談かと思ってたのに、本当にきたんだ。

「なんか今、すごい美人とすれ違ったんですけど」

私を見下ろす相良さんが、玄関の外を指さした。

「書道教室の元、生徒さんです」

「あんな綺麗な人までくるってことは、ここの教室って人気なの？」

「人気ですよ。順番待ちなんです」

「へ～そうなんだ」

感心する相良さんをギャラリーに案内して、私は廊下から彼の様子を窺《うかが》った。

この前カフェで会ったときは軽い感じの人だった。だから、きっとまともに絵なんて見やしないんだろう——。私はそう思っていた。でもそう思ってしまった自分が恥ずかしくなるくらい、彼は私の作品を丁寧に見てくれている。ひとつひとつ、黙って真剣に。

しばらくして、廊下にいた私のもとにきた相良さんが頭を下げた。

「いいもの見せてもらいました。ありがとう、日鞠さん」

「いえ、こちらこそ、見にきてくださってありがとうございました。まさか本当にきていただけるとは思わなくて驚きました」

「約束は守るんだ、オレ」

笑った相良さんが、私の後ろに視線をやった。

「あ、お邪魔しましたー」

「……おう」

柚仁ってば、いつの間に。挨拶《あいさつ》を交《か》わした相良さんは、それ以上何も言わずに玄関から出て行った。

「あっさり帰ったな」

「うん。でもこれでわかったでしょ？　私はモテませんって」

「そんなもん、まだわかんねーだろ」

むくれた柚仁は私の手を掴んで、ぎゅっと握った。

「さっき五月女さんがきたよ」

「だな」

「知ってたの？」

「ああ、遠目に見た。何か言いたければ俺に伝えるだろうから、自分からは出て行かなかった。結局、俺は呼ばれなかったもんな」

「柚仁、夏祭りのときに私のことが大好きだって、五月女さんに言ったの？」

「そんな話、してたのかよ」

「うん。五月女さんね、今日は私がどんなふうに活動しているのか、見にきてくれたの」

「お前の活動を？」

「そう。これで納得してくれたみたい」

「……よくわかんねーけど、いいんだな？」

「うん、いいの」

翻《ひるがえ》った彼女のスカートを思い出しながら、柚仁の手をぎゅーっと握り返して、小さく頷いた。

ひまり展の片づけを終え、柚仁が作ってくれた夕食を食べた。ふきのとう、たらの芽、アスパラ、筍《たけのこ》などの春野菜の天ぷらと、海老芋《えびいも》の煮付け、そして柚仁が打ったお蕎麦《そば》も食卓に上った。最近蕎麦打ちに凝り始めたと思ったら、もうこんなに上手になっちゃっててすごい。美味《おい》しいお蕎麦と春の味を堪能し、無事に終了したお祝いに、お酒も少し飲んだ。

お風呂に入って眠る前の支度を終え、廊下で深呼吸をする。

ひまり展は、私の復帰第一歩としては十分すぎるくらいの成功といえた。五月女さんと相良さんがきてくれたのには驚いたけど、それも無事解決したと受け止めよう。そしてもうひとつ、肝心なことが残っている。

「ご奉仕、だよね。ご奉仕」

ひとりごちて和室へ向かった。柚仁が喜んでくれるなら、何でもしてあげよう。いやいやいや、そうは言っても何でもはちょっと無理だって。……でも、ある程度なら頑張ればできるかな……いやいやいやいや、でも……

悩みながら和室の襖《ふすま》を開けると、お布団は敷いてあって柚仁が寝転んでいた。久しぶりの、この光景。

「えーと、お邪魔します」

「おう」

彼の隣に正座をして、自分からパジャマのボタンをひとつ外した。私、彼のモノを挟めるほど胸大きくないんですけど……。柚仁から求められていたご奉仕のひとつを想像しながら、次のボタンに手をかけた。真似《まね》事っぽくても満足してくれるかな。

春とはいえ夜はまだ寒く、ストーブが部屋全体を暖めてくれている。

ふたつめのボタンを外したとき、その手を掴まれた。

「柚仁？」

「こいよ」

ぐいと引っ張られ、彼の腕の中に倒れ込むようにして横になった。仰向けの彼は私を抱きしめ、私の髪を優しく撫でている。

「え、どうしたの？」

「ご奉仕」

「でも……これじゃあ私、柚仁に何もできないよ？」

私にぴったりと体をくっつけた柚仁が足まで絡ませていて、ほとんど動けない。

「それでいいから、ゆっくり寝ろ。それが今夜のご奉仕」

「柚仁」

「お疲れさん。よく頑張ったな」

穏やかな彼の声とその気持ちに、涙が溢れ出した。あんなにご奉仕がどうのって言ってたクセに、ずるい。なんでそんなに優しいの？

「短期間であれだけの量を描いたのはすげーよ。何よりもスランプを克服できてよかったよな。もう大丈夫なんだろ？」

「うん……大丈夫。ありがとう、柚仁」

心配してくれてたんだね。私の体まで気遣ってくれて……大好きだよ、柚仁。

私を抱く温かな胸に、涙を押しつけて拭く。

「柚仁」

彼の顔に近づいて唇を重ねた。今夜は私からそっと舌を入れてみる。彼はそれを受け入れて自分の舌を絡ませたけれど、いつもより少ない時間で切り上げ、私から顔を離した。

「だから、そういうことするとヤリたくなるだろうが」

「いいの。……して」

「ゆっくり休めって」

「柚仁としてから、ゆっくり寝たい」

私を見つめる彼の瞳を覗き込んでおねだりする。疲れてはいても、今は彼とつながりたい。

「無理してないな？」

「してないよ。私、今夜は柚仁に、いっぱい抱かれたいの」

ずりずりと体を移動させて、彼のパジャマのズボンに手をかけた。ウエストからゆっくり下げて、顔を近づける。

「おい、日鞠……!?」

既に大きくなっていた彼のモノを口に含む。形に沿って舌を這わせると、反応した彼が腰を震わせた。

「日鞠……」

大好き、と思いながら舐め続けてる私の頭に、彼の手が添えられた。もっとしてあげたい。もっと奥まで咥《くわ》えてあげたい……

「は……ぁ、久しぶりだから溶けるな、これ、あ」

彼の吐息と、口の中でさらに大きく、硬くなっていくモノを感じる度に、私の体まで敏感に反応してしまう。むずがゆいような感覚が下腹に訪れた。多分もう、私もたくさん濡れちゃっている。

「悪い、日鞠……我慢、できない」

荒い息を吐いた柚仁が腰を浮かせた。

「出して、いいか」

「うん、んう……んん」

頷きながら口をすぼめて、愛しい人の硬い棒に強く吸いついた。先からたくさんの粘り気が出ているのがわかる。私の口でそんなに感じてくれてることに嬉しくなった私は、頭を上下に揺らし、舌を絡ませ、唇で扱《しご》き続けた。

「日鞠、好きだ、ひま……！」

柚仁は、私の頭を掴んで快感の塊《かたまり》を吐き出した。むせ返るような彼の匂いとともに、舌と喉の奥にのせられた愛しいそれを、ゆっくり呑み込む。

「悪ぃ、日鞠」

「……ううん。気持ちよかった？」

「ああ、最高によかった」

照れたように笑った柚仁と目を合わせてから、まだ少し大きいままでいる彼のモノをぺろりと舐めた。

「お、なんだよ、いいって」

「まだ……ついてるから」

周りに零れている白い液体を丁寧に舌で舐め取る。正直美味《おい》しくはないけれど、柚仁のだったら、呑み込むことに幸せすら感じてしまうから不思議だ。

根元から先まで舌を往復させ、口の中に入れて吸いついていると、一度は少し柔らかくなっていたそれが、再び硬さを増してきた。

「またおっきく、なってきた、よ?」

「お前が、そういう、こと、するからだろ、あ……い、い」

舌先で柚仁の割れ目を、つ、となぞる。そんな声出されたら、私も我慢できない。

私は彼のモノを奥まで咥《くわ》えながら、自分のパジャマのズボンとショーツを脱いでしまった。下半身だけが丸出しの淫らな恰好にドキドキする。空いているほうの手を自分の太腿《ふともも》のつけ根に忍ばせ、狭間へ指を入れると、ぬるりと呑み込まれてしまった。少し動かしただけで、どんどん蜜が溢れてくる。早くつながりたい。柚仁でたくさん感じたい。

張り詰めた彼のモノに舌を押しつけ舐め回したあと、ちゅっと音を立てて唇を離した。

「柚仁……挿《い》れていい?」

「え?」

驚いた彼が顔を上げたと同時に、私はその体の上に跨《また》がった。

「今日はどうしたんだよ、日鞠……あ」

彼のモノを手にして、私のとろとろに熟《う》れた蜜の入り口にそっとあてがい、腰をゆっくり落とした。

「あ、すげー……いい」

柚仁の喘《あえ》ぐ声をもっと聞きたくて、奥まで進ませる。

「ひま……いいのか？　ゴムつけてないぞ」

「ん、今日は平気、だから。ナカで……」

「婚約者だし、な。俺はお前がよければ……いいよ」

それって、赤ちゃんができても、いいってこと……？

考えようとしたとき、歪《ゆが》めた彼の表情を見て、いつもとは違う強い感覚が訪れた。

「柚仁、私……今日何か、変」

「好きだ、日鞠……！」

「ひ、ぁ、ああっ‼」

私の両方の二の腕を掴んだ柚仁が、つながる感触を味わうように、ぐいと腰を上げた。

下から突き上げられたと同時に痙攣《けいれん》が起きて視界が歪み、いきなり達してしまう。

「や……ぁあ……」

首を仰《の》け反《ぞ》らせて、止まない気持ちよさに体を震わせる。何、これ……！

「挿れただけで……イったのか？」

優しく突き上げながら柚仁がクスッと笑った。へにゃへにゃと崩れた体を丸めて彼の胸に顔を押しつける。どうしよう……気持ち、いい。久しぶりだから？　それとも疲れてるから……？

「ゆ……」

「やらしくなったな、ひま」

つながったままで嬉しそうに笑った柚仁が、私の背中に手を回して優しく撫でた。

「ん？」

「ゆう、ちゃんのこと……好きだから、こうなっただけ、だもん……」

「嬉しいこと言ってくれるじゃん」

柚仁は私の両頬に手をあて、深く唇を重ねた。達したばかりの私を気遣うように、ゆっくり浅く、下から押し上げている。

「たまにはこういうのもいいな」

「何、が……？」

「日鞠から誘ってくるってのも、っ……！」

「あぁ……っ！　んや、あっあーーっ！」

下から激しく突き上げられ、蜜の奥が戦慄《わなな》いた。

「きゅ、うに、ダメぇ……！　あっ、あぁっ」

がくがくと背中が震え、唇から唾液が、つっと流れる。拭きたいのに、彼に両手を掴まれて、それは叶わない。指と指を絡ませ、ぎゅうぎゅうと握られる。

「あっ、意地悪、しな、いで」

「気持ちいいんだろ？　言えよ」

「んっ、あ……い、いい、柚仁、気持ち、いい」

「日鞠のナカ、今日やわやわだな……蕩《とろ》けきってる……っ」

花曇りだった今日は、夜になってもぼわんとしたぬるい空気が漂《ただよ》っていた。お互いの肌がしっとりと汗ばみ、合わせた手のひらも湿っている。

速さを増す律動に嬌声が止まらない。

「きゃ、う、うう……！　ふ、ぁあ……」

「何回でもイケよ。日鞠のその顔、もっと見たい、見せろ……！」

彼の瞳の奥に、欲望の光がちらりと見え隠れしている。私もこういう瞳をして、彼を見つめているの？

お腹側を彼の大きく硬い棒でぐりぐりとされ、目の前がフラッシュをたかれたように瞬いた。

「あ、なんか、また変……！　ダメ、止まって」

「嫌だ」

なおも突かれた奥が、再び大きく痙攣《けいれん》し、ナカにいる柚仁をぎゅうぎゅうと締めつけた。

「イっちゃう、あ、うぅっ……！」

仰《の》け反《ぞ》った上半身が、自分のものではないみたいにびくびくと揺れる。また一人で達してしまった。何で今日はこんなに……感じやすい、の……

「すげぇな日鞠。感じまくってんじゃん」

「も、やだぁ……私ばっかりいやらしくて……恥ずかしい……」

感心したような柚仁の声に泣きそうになって、つないでいた手をほどいて顔を覆う。口の端から漏《も》れてしまった唾液を指で拭《ぬぐ》った。だらしない顔を見られて情けなくなる。

つながったまま私を見上げる柚仁が、頭をぽんぽんとしてくれた。

「さっきは俺のほうが先に出しただろ。お前ばっかりじゃないから気にすんな。それに……」

浮かんだ涙を手で擦《こす》る私に、彼が微笑んだ。

「最高だけどな、そういう日鞠は」

「……嘘」

「俺が嘘言ったことあるかよ。最高じゃん、こんなに感じてくれてんだから」

「……ほんと？」

「ほんと」

「嫌いに、ならない？」

「嫌いになるわけないだろ、ばーか。余計興奮したわ。嬉しすぎるって」

私の腰を持ち上げ、柚仁が自身をゆっくりと抜く。私を仰向けに横たわらせた柚仁が、覆いかぶさりながら、優しく髪を撫でてくれた。

「俺にだけ、こんなに感じてんだろ？」

「うん、柚仁にだけ、だよ」

「感じすぎて何度もイクくらい、俺のことが好きなんだろ？」

「あっ……う、うん、ぁ、好き」

耳たぶを舐めて囁《ささや》く彼に、吐息まじりに返事をする。柚仁が触れる全部に、敏感に反応してしまう。

「お前、可愛すぎるよ、ほんと」

柚仁は私の腰と敷布団の間に手を入れて、体を強く、強く抱きしめた。

「あ、柚……仁、んっ」

あちこち軋《きし》んで壊れてしまいそうだ。力に示された彼の心の表れが、私を恍惚《こうこつ》とさせる。

「愛してるよ、ひま」

「……私も」

「世界一、愛してるからな」

何回、きゅんとさせられるんだろう。甘い痺《しび》れに浸《ひた》りながら、彼を思う。

ただ体の欲にまみれるだけじゃなく、こうして心までも私を包んで抱く柚仁との行為が全てを満たしてくれるから、私は彼と体を重ねることが好きなんだ。

柚仁の熱い背中を強く抱きしめ返す。

「私も、ゆうちゃんに負けないくらい、世界一愛してる……！」

「よく言った」

私に額《ひたい》を合わせた柚仁が、優しく笑った。

柚仁の肌は汗ばみ、爽《さわ》やかなボディーソープの香りと彼の匂いがまじり合って、私をさらに興奮させる。柚仁もまた同じようで、私の胸をさっきよりも激しく揉み、顔を近づけて先端を舐め上げ、強く吸いついた。快感に震えながら、彼の頭を抱きしめる。

「柚仁、挿《い》れて……」

「欲しいのか」

「うん、柚仁が欲しい。いっぱい欲しいの」

「中で出していいんだな？」

「うん、今日……大丈夫だから」

「……」

何か言いたげに黙った柚仁の表情に、不安な気持ちが湧き上がる。

「どうしたの？」

「俺、お前との子どもだったら欲しいと思う」

私の瞳を覗き込む彼の声は真剣だった。

「お前がよければ」

「ほんと、に？」

「ああ。今すぐにでも」

「嬉しい……私も柚仁の赤ちゃん、欲しい」

意外な柚仁の言葉を聞いて、不安は瞬く間に消え去り、切ないほど幸せな気持ちで胸が痛くなった。彼にしがみつくと、その両手首を強く掴まれて、外された。

「あーもう我慢できねー。こいよ、日鞠」

「え、きゃ」

私の背中を抱えるようにして起き上がらせた柚仁と、お布団の上で向かい合わせに座る形になった。と思ったら、彼の上に座らされて、下から一気にずん、と埋め込まれた。

「う、ぁあ！　ひゃ、う」

彼のモノを奥深くまで受け入れて、お腹がいっぱいになる。私の腰に手を回す柚仁は、喘《あえ》ぐ私の首筋にキスをして、強く吸いついている。

「あ、ああ、ひま、ひま」

「痕《あと》、ついちゃ、んう、あ」

熟《う》れきった私のナカから滴《したた》る水音と肌のぶつかる音が、しんとした春の夜の部屋中に響き渡っている。淫靡《いんび》な桜色の空気に酔ってしまいそうだ。

「いいか、日鞠」

「い、いい、の、あぁっ……！」

急激に奥からむずむずとした感じが迫ってきた。あ、この感覚は、もしかして、また……？

「あっ、あっ、やぁっ」

ど、どうしよう……。私ばかり先に達してしまうのはやっぱり恥ずかしくて、どうにか我慢するために、入り口とナカに精いっぱい力を入れてみたけれど――

「お、何だよ、いきなり……！　すげ、締めつけ」

「ごめ、また、あっ、あの、ぁあ」

逆にしっかりと柚仁の形を感じてしまって後悔する。どうすれば、いいの。

「またって……ああ、そうか」

悟った柚仁が静かな声で言った。

「……いいよ、好きなようにイケよ」

「や、いやなの、もう」

お構いなしに、柚仁は、ずんずんと下から強く深く、突き上げてくる。

「ほら日鞠、もう一回、あの顔見せろよ」

「やぁ、やなの……！」

彼の首にしがみついて、イヤイヤと首を横に振る。

「ゆうちゃん、と、一緒にイキた、いの、ふ、あっ……！」

「つ、煽《あお》るな、って……！」

堪《こら》えるように息を詰めた柚仁は、私の蜜でぐちゃぐちゃに濡れたモノを引き抜いた。

再び私を布団の上に押し倒し、仰向けにさせる。

はぁはぁと息をしている彼の額《ひたい》から、汗が流れた。無言で私の足をひらかせた柚仁は、一気に硬いモノで私のナカを貫いた。

「あ、あぁー！」

「っ……くっ」

眉根を寄せた彼は、奥歯を食いしばるように顔を歪《ゆが》め、訪れようとする大きな快感の波に耐えていた。柚仁の背中をかき抱き、彼の悦楽を受けとめる準備をする。

優しい墨《すみ》色が私の目の前を覆った。

もっともっと、私の全部をあなたの色で染めて欲しい。まざり合って、塗りつぶされたい。

何度目かの強い快感と、味わったことのない浮遊感に攫《さら》われた。

「ゆうちゃ……ん、いっちゃ、う……！」

その後、眉を歪めたまま、嬉しそうに口の端を上げた柚仁の表情は、瞼《まぶた》に残っている。

そして、彼が私の奥へ快楽の塊《かたまり》を放ったことも。でも、それからのことは……記憶にない。

私は……気を失うように、深い眠りへ落ちたらしい。

目を覚ますと、真っ暗な部屋のお布団の中で、裸のまま柚仁と抱き合っていた。私を腕の中に抱く彼は、すやすやと寝息を立てている。

感じすぎて、何もかも放置して眠ってしまったことに気づいた私は、恥ずかしくて顔が熱くなった。自分でも知らなかった私のことを、柚仁に隅々まで見られてしまった。乱れきった、とろとろの私を全て。それに多分、私のほうが先に寝ちゃったんだよね。

柚仁に呆れられていたら、どうしよう。

「……ひま、好きだ」

「え」

呟《つぶや》いた彼の声に、どきりとして顔を上げる。

「ゆうちゃん?」

「……」

返事はなく、寝息は続いていた。まるで私の不安な心を見透かしたようなタイミングのいい寝言に、思わずクスリと笑ってしまう。

「私も、好き」

彼の胸に顔を擦《す》り寄せて呟く。

嫌いになるかよ、ばーか、と言ってくれた彼の声と表情を思い出す。私、その言葉を信じるね、柚仁。

温かい彼の腕の中で、私は再び幸せな眠りを貪《むさぼ》った。

+ + +

後日、ひまり展のチラシを引き取りに、置いてくれたお店を回った。公民館へ行ったあと、海沿いの道を歩いていると、前から見たことのある人がやってきた。

「あー日鞠さん!」

「相良さん」

近づいた彼に頭を下げる。

「先日は個展にきてくださって、ありがとうございました」

「どういたしまして。ていうかちょうどいいや。ちょっと付き合ってもらえます？」

「え、っと」

「道渡ったすぐそこで。少しだけ話がしたいなーと思って」

「わかりました」

すぐそこなら、いいか。

横断歩道を渡った場所の、砂浜へ降りる階段前で立ち止まる。目の前に広がる海へ視線をやりながら相良さんが言った。

「オレ、この前の個展に行って、本当に好きになっちゃったみたい。日鞠さんのこと」

「えっ！」

「いや、カフェでいいなーって思って声かけたときは、正直いつものノリっていうか、可愛い子に声かけるのクセになってるっていうか、そんな感じだったんだけどね」

首の後ろをかきながら、申し訳なさそうに話している。

「自分のやりたいことがある人って、いいなーって。個展見て、なんかそう思った。うん、そう思えた」

彼は、黙っている私のほうに向き直った。

「本当にあの人と結婚するの？」

「え」

「ほら、あの書道家の先生」

「うん、結婚します。具体的にはまだ決まってないけど、彼と結婚したいの」

「まだ早くない？　何歳なんですか、日鞠さん」

「二十五です」

「えっ！　俺と同じじゃん！」

「ほんと⁉」

「ほんと。いや、だからマジでまだ早いって、結婚は」

驚いた顔をする彼に、私から笑いかけた。

「それなら私はラッキーですよね」

「え？」

「だって一生一緒にいたいって思える人と、早くに出会えたんですもん。彼と一緒にいる時間が、早く出会えたことで増えるなら、こんなに幸せなことはありませんから」

柚仁と一緒にいればいるほど、そう思う気持ちは増している。

今日は春らしい陽気だ。柔らかな海風が吹き、お互いの髪が乱れた。

「……なるほど」

「うん」

「そっか〜。きっと俺はまだ、そう思える人に出会ってないってだけなのか」

「多分、ですけど。そう思います」

私の言葉に相良さんが苦笑した。

「それが日鞠ちゃんだったら、よかったのに」

「私は柚仁しか考えられないの。だから、本当にごめんなさい」

「いや、はっきり言ってくれてありがとね」

笑った相良さんは、優しい視線をこちらに向けた。

「オレ、もうすぐスクール終わるから、ここにくることは減るけど……ウィンドサーフインやりにきて、もしまたカフェで会えたら、そのときはよろしくね」

「はい」

「次はオレも一生一緒にいたいって思える人、連れてくるからさ」

「うん、楽しみにしてます」

じゃーね、と言って相良さんとは、そこで別れた。

最初はただチャラい人に見えたけど、話してみてよかった。柚仁に対する自分の思いも、しっかり自覚できた気がする。

花岡家に戻って、回収したチラシを和室でまとめていると、出かけていた柚仁が帰ってきた。

「お帰りなさい」

「おう」

廊下から部屋へ入ってくるなり、目の前に座った柚仁が突然宣言した。

「結婚すんぞ」

「へ？」

「籍入れて結婚する。結婚式もする」

「……誰と？」

呆然と呟《つぶや》く私に向かって、柚仁が舌打ちをした。

「おちょくってんのか、お前は。お前以外に誰がいんだよ、誰が」

「だ、だって、なんで急に？」

「別に、あのサーファーナンパ野郎のことで、お前のこと信用してないとか、心配になったとか、そういうわけじゃない。でも、ふらふらしてんのはよくないだろ、やっぱり。子どもが欲しいってのも、その場の勢いで言ったわけじゃないし」

「私、ふらふらしてた？」

「いや、お前はしっかりしてた。俺がしっかりしてなかっただけだ」

全然意味がわからない。柚仁がしっかりしてなかったって、どういうこと？

「そうなの？」

「本当は、ここ何日も、ずーーーーっと焼きもち妬《や》き続けてたんだ、俺」

イライラした声と表情で、とんでもないことを口走る彼に思わず赤面する。

「ゆ、柚仁」

「それで、何でだろうって考えた。結婚してないからチャンスがあるとか、あのサーファーに言われてイラっとしたのもある。でも、婚約指輪渡しておいて、お前んちに挨拶《あいさつ》まで行っておきながら、さっさと次の行動に移さなかった自分にイラついたんだって気づいた」

ため息を吐《つ》いた柚仁が、持っていた大きな封筒を畳《たたみ》に置いた。

「俺は、こうと決めたらそれを覆《くつがえ》すことは滅多にないし、すぐ行動に移す人間だ。でもお前との結婚は俺だけが先走っても仕方ないって思ってた。ひまり展が終わるのを待ちたい気持ちもあった。何より、日鞠がまだ嫌だって言ったら、それはそれで仕方がないとも思ってた」

「嫌だったら指輪を受け取ったりしないよ、私」

「だよな。わかってたはずなのにグズグズしてた俺が悪い」

別に柚仁が悪いとは思わないけど……。どう返事をしていいかわからなくて黙っていると、彼は封筒から冊子を取り出して、私の前に並べた。

「式場はここな」

「え！　もう決まってるの？」

パンフレットに掲載されていたのは、海のそばにある小さなホテルだ。開放的な空間や、オシャレで可愛い外観が写っている。これって、もしかして、ここから近い？

「式場は別に何でもいいけど、このホテルだったら近いから、杉田さんが出席するのにラクだろ」

「柚仁……」

また彼の優しさを感じて、涙が出そうになった。今までこういうことが何度あっただろう。

私、この人と一緒にいたい。ずっとずっとずーっと一緒に。そう思ったら、早く彼と結婚したいという気持ちが一気に湧き上がった。

「よーし、じゃあ今から見に行くぞ」

「い、今!?」

「すぐそこだし、外観だけでも見に行こうぜ。あ、レストランがあるから、そこで食事ができたら昼飯食ってこうな」

「嬉しい！　それって……偵察？」

「視察だ視察」

笑った柚仁と一緒に立ち上がる。急にこんな展開は驚くけど、柚仁らしいといえば、らしいのかもしれない。彼のペースについて行くのは大変なようでいて、意外と楽しんでいる私がいた。

急いで支度をして、彼と一緒に海へ出かけた。彼の足元はまだスニーカーだ。きっともう少し暖かくなったら下駄《げた》姿が見られるだろう。

海に続く川沿いの桜は満開をすぎて、美しい花びらがひらひらと舞い落ち始めていた。

「綺麗だな～」

「いつもと違う場所にいるみたい」

「ああ」

幻想的な光景にうっとりしながら、彼と手をつないで歩いて行く。

海沿いの道路に出た。春真っ只中の陽気もあって、ウィンドサーフィンをしている人がたくさんいる。鎌倉方面へ向かう車も、いつもより多い感じだ。

「さっきそこでね、相良さんに会ったよ」

「なんか話したのか」

「告白された」

「え！」

驚いて立ち止まった彼に、微笑みながら続きを話す。

「私は柚仁と結婚します、ってきっぱり断ったら、自分もそう思えるような人を探す、って」

「ふーん」

「じゃーねーって爽《さわ》やかにお別れしました。おしまい」

「日鞠がきっぱり言ったなら、それでいいや。お前を信じるよ」

「うん。ありがと」

柚仁は一瞬むくれながらも、穏やかな声で答えてくれた。彼が私の肩をぎゅっと抱く。

「ねえ、柚仁。式は、いつ頃にするの？」

「そうだな、空いてれば早目がいいだろ。六月とか、七月とか」

「本当にすぐなんだ……」

「俺は決めたら即実行に移す男だからな」

「カッコいい、柚仁」

「まーな。惚《ほ》れ直す？」

「うん！」

「素直でよろしい」

砂浜で飼い主と遊ぶ犬が、楽しそうに駆け回っているのが見えた。

「俺の両親にも会いに行こうな。今度旅行兼ねて行こうぜ」

「長野だよね？」

「山が綺麗で緑が濃いんだ。野菜も美味《うま》いぞ」

「行ってみたい」

「近いうちに絶対連れてく。お前のこと見たら喜ぶよ、きっと」

「柚仁のお父さんとお母さんって、私、会ったことある？」

「あるよ。二人とも、多分覚えてるんじゃないかと思う。引っ越してからも、俺は日鞠のことよく話してたからなー」

「覚えていてもらえたら、嬉しいな」

私の記憶にはないけれど、何だか懐かしいような、温かな気持ちが湧き上がった。

「柚仁は誰を式に呼ぶの？」

「大学時代の友達と、書道家仲間だな」

書道家仲間……よく一緒に共同個展をしている人たちだよね。

「私も友達呼ぼうっと」

「いんの？」

「い、いますよ、失礼な！　……少ないけど」

「そうか。なんか安心した。俺も友達は少ないけどな」

もしかして、柚仁なりに心配してくれていたのだろうか。

いろいろあったけれど、今もつながってる友達はいる。柚仁との結婚を報告したら、彼女たちもきっと喜んでくれるはず。

二十分ほど歩いて、柚仁に見せてもらったパンフレットと同じ場所に辿り着いた。

式場のついた、こぢんまりとした可愛らしいホテルは、潮風と春の優しい陽を浴びて、真っ白に輝いている。

「素敵なホテル！」

「パンフで見るより雰囲気いいな」

入り口近くへ進むと、オシャレな立て看板があり、そこにメニューが書かれていた。写真も貼ってある。

「昼メシ食えるみたいだな」

「ほんとだ！　美味《おい》しそう」

フレンチのレストランは、宿泊客以外も入れるようだった。

今日のランチは南仏プロヴァンス風白身魚のトマト煮込み、お肉は子羊の田舎《いなか》風カツレツ、春野菜のスープと記されている。選べる前菜はどれも美しく盛られていて、食欲をそそられた。メニューの下のほうを見た私は興奮のあまり、彼の着ているブルゾンの袖を強く引っ張っていた。

「ねえ、柚仁！　デザートはストロベリータルトと、スフレチーズケーキと、ガトー・

オ・ショコラと、フレッシュ生クリームとカスタードのシュー・ア・ラ・クレームと、抹茶のジェノワーズから二つ選ぶんだって！」

「いや、俺も見てるし、わかるし」

「どうしよう、こんなの絶対選べない……！」

「ゆっくり考えろよ。ん？」

「どうしたの？」

「あそこに階段がある。そこから浜に出られそうだな」

柚仁が指さすホテルの脇に、白塗りの綺麗な階段を見つけた。

「行ってみようぜ。視察、視察」

手を引っ張られ、レストランの脇を抜けて階段へ進んだ。作られたばかりのようで、汚れはどこにも見当たらない。ホテルの壁と同じ、真っ白な階段を下りて、踊り場で立ち止まった。

目の前には何の障害物もなく、青い宝石をちりばめたような美しい海が広がっているだけだった。今日は、うんと遠くまで見渡せる。水平線のかなたって、ああいうのを言うんだろうか。

穏やかな海の、潮《しお》の香りを胸いっぱいに吸い込んだ。

「海を見ながらの披露宴って、すごくいいと思う」

「だな。落ち着く」

「挙式会場からも海が見えるって、パンフに書いてあったよね」

「写真にのってたな。あれは気持ちよさそうだ」

彼も私と同じように、深呼吸をした。

「ね、柚仁」

「んー？」

「ご奉仕は今度、ちゃんとするね」

「なんだよ、急に」

「だって約束だったでしょ？」

「まーな。って、ほんとにしてくれんの？」

「柚仁がしたいなら……いいよ。この前は結局、私のほうばっかり、その、ご奉仕してもらっちゃったみたいな感じだから」

「俺は、あれで十分だけど」

私の頭に手を置いた柚仁が優しく撫でてくれた。

「ま、しょうがねーから、いつまでも待っててやるよ」

彼の顔が近づき、唇が重なった。軽く三回重ねてから、体を包み込むように抱きしめてくれる。

「……うん、期待してて」

「じゃあ、ついでにもう少し追加するか」

「え！」

「ははっ、言ったもん勝ちだな」

笑った柚仁は私の手を取り、もときた階段を上がり始めた。

いつも引っ張ってくれる、この大きな手が好き。

躊躇《ためら》いなく、私のことを導いてくれる、この大きくて温かい手が、大好き。

階段を上りきったところで、柚仁は握っていた私の左手を、ぶんと上に掲げた。太陽の光にあたった指輪のダイヤが、眩《まばゆ》いくらいに反射する。

「幸せになろうな、一緒に」

「うん……！　ずっと一緒に幸せでいようね」

「約束だぞ、ひま」

「約束します、ゆうちゃん」

柔らかな水色の空と海が、春の穏やかな波を砂浜へ送る。

幸せの約束を心に誓って、彼の手をぎゅっと強く握り返した。

書き下ろし番外編

# 新婚旅行

十一月の初め。俺と日鞠が住む逗子周辺はまだ紅葉していなかったが、旅先では黄色に染まり始めた葉がぽちぽち見られる。秋が深まっている証拠だ。

「窓から入る風が涼しい。っていうか、寒いくらい」

風呂上がりの日鞠が、窓の外の町並みを眺めて言った。さっと乾かしただけの洗い髪が風に吹かれてふわふわ揺れている。浴衣《ゆかた》に羽織り姿が妙に色っぽい。

「ああ。ここまできて、やっと秋を実感できたな」

「今年の夏はいつまでも暑かったもんね」

七月中旬に地元のホテルで結婚式を挙げた俺たちは、書道教室を運営している都合で、数か月経った今日、ようやく新婚旅行にくることができたのだ。

日鞠のリクエストは山形の銀山《ぎんざん》温泉。銀山川沿いに、明治、大正、昭和の木造建築の温泉宿が立ち並ぶ、風情《ふぜい》ある場所だ。ここで数日過ごしたあとはまた別の温泉地へ向かう。

俺は海外でもいいと言ったのだが、以前から憧れている銀山温泉に俺と行きたいのだとキラキラした瞳で言われれば、そうせざるを得ないだろう。俺は日鞠と一緒ならどこでもいい。そう答えたら、彼女は嬉しそうに目を細めていた。

そして、大正ロマン漂《ただよ》う老舗《しにせ》の宿に到着した俺たちは、早速温泉に入った。

無色透明の源泉かけ流し温泉は、微《かす》かに硫黄《いおう》の香りがする。石造りの男湯は人が少なく、存分にお湯を楽しめた。

俺たちが泊まるこの部屋は、二間続きの広々とした和室だ。人気の川沿いの部屋が取れたのはよかった。

「柚仁って、浴衣も似合うね」

「そうか？　いつも見てるだろ、作務衣《さむえ》姿」

「そうだけど。浴衣はまた別のカッコよさなんだもん」

「お前も似合ってるよ」

「ほんと？」

日鞠が身を乗り出して俺に問う。ほんとだよ、と返事をすると、とても嬉しそうな顔をした。

「飲むか？」

「あ、ありがとう」

俺は冷蔵庫から取り出したスポーツドリンクをひと口飲み、日鞠へ渡す。受け取った彼女がそれを飲みながら、今度は笑い始めた。

「……ふふ」

「何だよ」

「だって柚仁、さっき新幹線で、私の駅弁のおかず……ぷっ」

「……お前はいつまでそのネタで笑ってんだよ」

日鞠はごめんと言いつつ、まだ肩を揺らしていた。

行きの新幹線内でのことだ。俺たちは昼すぎに駅弁を広げて食べた。俺はいつものように日鞠の許可を得ず、彼女の駅弁の天ぷらのひとつを箸《はし》でつまみ、口に放り込んだ。揚げ具合がなかなかだと思っていたら、中身は俺の苦手なアナゴだったのだ。白身魚の天ぷらに擬態してやがった。

仕方なく涙目になりながら、お茶と一緒に呑み込んだのだが、日鞠はその様子がツボに入ったらしく延々と笑い転げていたのだ。そして未だにくすくすと笑っている。

「可愛いんだもん、柚仁」

「無駄口叩いてると置いてくからな」

「お散歩?」

「行きたいんだろ?」

「うん！」

　日鞠の嬉しそうな笑顔を見ると、俺はなんでもしてやりたくなる。日鞠のためなら、なんだってできるような気がするから不思議だ。

　旅館の玄関に行くと同時に、ボーン、と柱時計が鳴った。四時半をすぎたところだ。広い玄関から外へ出る。山間の町らしく、既に日が暮れかかっていた。

　川沿いをガス灯が照らし出す石畳の歩道を少し歩いたところで、俺たちは立ち止まった。

「綺麗……」

「ああ。情緒あるな」

　内部から発する明かりで浮かび上がった建物が、幻想的な雰囲気を醸《かも》し出している。

　感嘆のため息を漏らす日鞠の横顔もまた、柔らかな明かりに照らし出されていた。

「なんか、思い出しちゃった。前に柚仁と行った――」

「江の島の灯篭《とうろう》？」

「そう」

　小さく頷いた日鞠は、自分の胸に手のひらをあてた。

「あの時、私ね……柚仁のことが好きって気づいたばかりで、ずっと胸が痛かったの。だから今、すごく幸せ」

暑い夏の日。休日働かせた日鞠に特別手当だと言って、江の島へ連れ出した。

ひま、と呼びかけても、俺の背中に背負っても、何も思い出さない彼女にどうにかかわからせるために、その手を引いて歩いた。

「俺は、お前がなかなか俺を思い出さないことにイラついてたんだよ。だからわざと手をつないで、思い出させようとしたんだ」

「そうだったの……？」

「ああ」

胸にあてている彼女の手をそっと取る。涼しいせいか、少々冷たい。

「何となくだけど、柚仁におんぶされたり、手を引かれた時に、こういうことがあった気がするとは思ったの」

「記憶のどこかにはあったのか」

「そうだと思う」

日鞠は俺の手を強く握り返した。柚仁の手はあったかいね、と笑う。その表情になぜか胸が痛み、衝動的にこの場で日鞠を抱きしめたくなる。けど、やめた。

新婚旅行の一週間、日鞠を独り占めして堪能する時間はいくらでもあるのだ。

手をつないだ俺たちは川沿いを歩き始めた。すれ違う人は俺たちのように浴衣《ゆかた》に羽織り姿だ。土産《みやげ》を見たり、湯めぐりをしたりしている。

「ここは江の島の灯篭《とうろう》よりもっと、不思議な場所だね。和風だけじゃなくて、モダンな建築の雰囲気が重なって……ノスタルジックというか」

「想像力がかきたてられるよな」

「そうなの……！　私もそう思ってた。創作意欲が湧くなぁって」

日鞠の目には、この町がどう映っているのだろう。彼女の作品を通して見ることができるだろうか。

つないだ日鞠の手のひらのぬくもりを何度も確かめていると、彼女が立ち止まった。

「ねえ、柚仁。お土産見てもいい？」

「ああ。俺も見る」

俺が店の手前に並んだ調味料を見ていると、日鞠は奥に行ってしまった。見たこともない味噌がいろいろある。買っていこうか――

迷う俺の横を若い男二人が通りすぎ、奥へ進んでいった。ふと顔を上げて日鞠がいるだろうところへ視線を送る。途端に俺の心臓がドクンと大きな音を立てた。

「可愛いね、一人？」

「え、あの」

「なわけないかー。友達はどこにいるの？」

背の高い二人に見下ろされた日鞠が、いつもより小さく見える。俺は駆け足で近寄り、男二人の肩を掴んだ。

「俺の嫁に何してんだよ。結婚指輪してるだろうが、どこ見てんだ」

「えっ、あっ、すみません」

「……なんだよ、男がいたのか」

男らを脇にのかせて日鞠の前に立つ。二人はこそこそと店から出ていった。

「行くぞ」

「う、うん」

日鞠の手を握って店を出る。俺たちが泊まる宿とは反対方向に男たちの背中が見えた。

「ったく、油断も隙もないな」

「ごめんね……」

「日鞠は悪くない」

俺は彼女の手を引っ張り、このまま宿に戻ることにした。夕飯まで時間はあるが、寒くなってきたのでちょうどいいだろう。それにしても――

「日鞠、お前ってさ」

「何?」

「いや……なんでも」

逗子でもチャラ男にナンパされていたが……もしや日鞠に隙があるんだろうか？　い

や、そうじゃない。隙も何も、彼女が可愛いから誘われるんだ。小さい顔にクリッとした瞳が愛らしく、華奢《きゃしゃ》な体つきは保護欲をかきたてられる。俺が金太郎とからかったショートボブはよく似合っていて……客観的に見ると人妻には見えない。

彼女の横顔を見つめながら、ひとつ息を吐く。

日鞠といると、俺は自分の嫉妬《しっと》深さに嫌気が差すんだ。誰にも触れられたくない。日鞠は俺のものなんだと、周囲に言って回りたいくらいだった。

「どうしたの？」

「……別に」

「柚仁、怒ってる？」

「怒ってねーよ」

「……怒ってる、じゃん」

しゅんと肩を縮める日鞠がとてつもなく愛しかった。これは俺が悪い。せっかくの新婚旅行を、俺の嫉妬心で台無しにするわけにはいかない。

俺は怒っていないという意思表示のために慎重に声を出す。

「怒ってないよ。宿に戻ったら、アレするか？」

「アレって……うん、したい！　じゃあそのつもりで歩かなくちゃね」

日鞠は急にきょろきょろと辺りを熱心に見回し始めた。単純というか、切り替えが早いというか。そういうところが大好きで、俺も助けられてるんだけど。

宿に戻った俺たちは早速準備を始めた。俺は広縁《ひろえん》のテーブル、日鞠は部屋の座卓に着く。

新幹線の中で、俺と日鞠は互いに携帯用の道具を持ってきたことを知る。俺は書道道具、日鞠は画材だ。宿でそれを使うなら時間制限をして、宿に関することを表現し、それを披露し合おうと日鞠が言い出したのだ。面白そうだったので、俺は彼女の提案に乗った。それが先ほど話していた「アレ」だ。

十分の制限時間の中で、しばらくすると日鞠が「はいっ！」と右手を上げた。

「でーきた」

「おーれも」

携帯用だから紙も小さい。十分あれば俺は余裕だが、果たして日鞠はどうなのだろう。俺は絵を描くのにかかる時間など、まるでわからないのだ。

「どっちから見せる？」

「私からでいいよ」

日鞠は無邪気な笑顔で俺を手招きした。こんなことでいちいち動揺している俺は、どうかしているのだろうか。彼女の笑顔がいつにも増してまぶしく感じる。

自分の書を持って日鞠の隣に座った。差し出された一枚の葉書を受け取った俺は、一瞬言葉を失う。

それは、俺たちがいる宿周辺の絵だった。さっと描かれた絵だが、特徴をよく掴んでいる。宿から漏《も》れた明かりとガス灯の柔らかな光が、今さっき散歩してきたばかりの通りを見事に再現している。これが、日鞠が見ていた町の様子か。

「……よくこんな短時間で、これだけ描けるな」

「えへへ、ありがと」

照れ笑いする彼女に俺は真剣な声を出す。

「いや、本気で褒めてるんだ。すごいよ、日鞠」

「そ、そうかな?」

「ああ。才能ある嫁さんをもらって、俺は幸せだよ」

心からの言葉だ。描けない時期があったとは思えないほど、いい絵だ。

「ゆ、柚仁、熱でもあるの?」

日鞠は顔をゆで蛸《だこ》のように赤くさせている。

「たまには俺だって素直に褒めたいんだよ」

彼女の頭を撫でると、顔を赤くさせたまま日鞠は小さく「ありがと」と呟《つぶや》いた。

「ねえ、柚仁のも見せて」

「おう」

俺は「銀山温泉ノスタルジイ」と書いた半紙を見せた。彼女が発した言葉を入れてみたのだ。

目を見ひらいてしばらくじっと見つめていた日鞠が、ようやく唇を動かした。

「……好き」

「え」

日鞠の小さな声が俺の胸をぎゅっと苦しくする。心臓を掴まれたようだった。

「柚仁の字、すごく好き。この言葉もいい」

「……あそ。俺じゃないのかよ」

ガッカリしてつい本音が出てしまった。我ながら大人げないと思うが、俺ばかりがやきもきしているようで悔しい。

「いや、褒めてくれて嬉しいけどさ」

すると突然日鞠は立て膝になり、俺の頭を抱きしめて、その胸に俺の顔を埋めさせた。

「柚仁のことはもっと好き！　大好き！」

柔らかな胸と仄《ほの》かな石鹸《せっけん》の香りが、俺の情欲を一気に高める。

「日鞠……っ！」

「きゃっ」

俺は彼女の細い腰を抱きしめ返し、そのまま畳《たたみ》の上に押し倒した。そして小さく赤い唇を奪う。舌を強引に差し込み、舐め、吸いまくり、長い時間繰り返した。

「んん……っ、んうっ」

くぐもった日鞠の声にさらに煽《あお》られた俺は、彼女の浴衣《ゆかた》の裾《すそ》を手で割る。驚いた日鞠が唇を離した。

「ぷはっ、ぁあっ、ダメだよ、柚仁」

「なんで？」

「だって、夕ごはんの時間になっちゃう」

「ちょっとだけだから、いいだろ？」

「本当にちょっと？」

「……さぁな」

「あ、んっ」

裾をまくり上げ、日鞠の太腿《ふともも》を撫で上げる。滑らかな肌はいつまでも触っていたいくらいだ。指の腹で何度も往復させる。

「ひま……」

「ゆうちゃ、ダメって……」

「食事まで、まだあと四十分ある」

「んっ、もう……あん」

首筋に舌を這わせると、日鞠の体がびくんと揺れた。俺は太腿《ふともも》から日鞠のショーツのナカに手を滑らせる。生温かいそこはしっとりと濡れていた。

「ダメダメ言う割に、もう濡れまくってるけど」

指を抜き差しすると、ぐちゅぐちゅという音が広がる。

「んあっ、だって、私……ゆうちゃんに触られると……すぐ、こうなっちゃうんだもん……ふっ、あ……ぁ」

恥ずかしそうに喘《あえ》いだ日鞠が顔を背けた。俺は日鞠のショーツに手をかけて、一気に剥《は》ぎ取る。日鞠は俺の妻だ。早くそれを確かめたい。俺は性急に、カチカチになった自分のモノを取り出した。

「可愛いよ、ひま」

濡れそぼるそこへ自身をぐいとあてがう。日鞠が驚いたように顔を上げた。

「え、もう？　あうっ！」

有無を言わせない勢いで、ぬめりのナカへ一気に押し込む。腰が砕けそうな快感が俺の下半身から背中を貫いた。

「ひゃっ、あんっ！　あっ、んっ、んっ！」

日鞠もそうなのか、突きまくるたびに唇から声が飛び出す。それは次第に甘い声へと変わっていき、彼女も自ら腰を動かし始めた。

「ひまは、俺のものだからな……っ」

「そんなの、わかって、るっ、どうし、たの？」

「……何が？」

「だってなんか今日、いきなり激しい、あぁっ、あんっ、いい……っ」

腰を揺らす俺にしがみつきながら身悶《みもだ》えている。そんな日鞠が可愛くて、俺の腰はどうにも止まらなかった。

「俺は嫉妬《しっと》深いからな。知ってんだろ？」

「もしかして……さっき、声かけられた、こと？」

「ちょっと目を離すとあれだから、油断ならない」

「私はゆうちゃんだけ、って」

「わかってる。わかってても、どうしようもない。お前は俺のだって、あいつらだけじゃない。お前にもわからせたいんだよ、もっと、もっと……！」

「あぁっ、ゆうちゃんっ、好きっ！」

俺に揺さぶられる日鞠が必死に伝えてくる。その顔も、声も、彼女の何もかもが愛しくてたまらなくなり、快感が駆け上がってきた。

「俺も好きだ、愛してる、ひま……っ！」

「私もっ、愛してるっ」

「ナカに出すぞ、ひま」

「んっ、きて、出して、いっぱい……っ」

日鞠が俺の腰に自分の足を絡ませてきた。俺を咥《くわ》えている生温かなそこが、きゅうきゅうと締めつけてくる。……もう、我慢、できない……！

「ひま、日鞠っ……出るっ！」

「ゆうちゃ、あっ、あぁー……っ！」

ぶるりと腰を震わせて、日鞠のナカに全部を吐き出し、塗り付けた。日鞠も体を痙攣《けいれん》させる。同時に果てた幸福感の中で俺たちは、どろどろになったそこをつなげたまま、優しいキスを何度も交わす。

しばらくそうしてから自身を引き抜き、乱れた日鞠の浴衣《ゆかた》を直した。ぐったりとしている彼女を抱き寄せる。

「あとで……一緒に露天風呂入ろうな」

「……貸し切りの？」

日鞠がとろんとした瞳で問う。あまりにも可愛らしいので再び襲いたくなったが、もう夕飯の時間だ。あとでまた抱けばいい。これ以上は無理だというところまで、何度でも。

「そう、貸し切りの露天風呂。ゆっくり入ろう」

「うん。……楽しみ」

「俺も」

日鞠の髪を撫でながら、新婚旅行の残りの日にちであと何回、日鞠を愛せるだろうと、俺は指折り数えた。

花嫁修業はご遠慮します
大好評連載中!
(毎月第2、第4水曜日更新)
漫画 柚和 杏 Anzu Yuwa
原作 葉嶋ナノハ Nanoha Hashima
最恐鬼上司の家で、愛され花嫁修業!?
何か…
ギロッ
言ったか?
可愛いな…
明日から花嫁修業に行ってらっしゃい
大人気激あまラブストーリーが待望のコミカライズ!!
ETERNITY WEBMANGA
エタニティWEB漫画!
無料で読み放題!
他にも人気漫画が多数連載中!!
今すぐアクセス!
エタニティ Web漫画
検索

～大人のための恋愛小説レーベル～

# ETERNITY エタニティブックス

鬼上司の仮面の下は激あま婚約者!?

## 花嫁修業はご遠慮します

エタニティブックス・赤

葉嶋《はしま》ナノハ

装丁イラスト／天路ゆうつづ

祖母の遺言で、突然、許嫁《いいなずけ》ができた一葉《かずは》。しかも、その許嫁とは、彼女の怖～い上司だった！　断ろうとしたが言いくるめられ、彼の家で花嫁修業をすることに。不安いっぱいでスタートした同居生活だけれど、意外なことに、会社では厳しい彼が家の中では甘～く迫ってきて――!?

四六判　定価：本体1200円＋税

※エタニティブックスは大人の女性のための恋愛小説レーベルです。ロゴマークの色で性描写の有無を判断することができます（赤・一定以上の性描写あり、ロゼ・性描写あり、白・性描写なし）。

詳しくはアルファポリスにてご確認下さい

http://www.alphapolis.co.jp/

携帯サイトはこちらから！

EB エタニティ文庫

## ハジメテの彼がお見合い相手に⁉

ETERNITY Rouge
エタニティ文庫・赤

# 今日はあなたと恋日和

葉嶋ナノハ　装丁イラスト／rioka

文庫本／定価：本体 640 円+税

見合いを勧められた七緒は、恋愛結婚は無理だと思い、その話を受けることに。しかし見合いの数日前、彼女に運命の出逢いが！　その彼と一夜を共にしたが、翌朝、彼には恋人がいると知り、ひっそり去った。沈んだ心のままお見合いに臨んだが、その席になんと彼が現れて⁉

※エタニティブックスは大人の女性のための恋愛小説レーベルです。ロゴマークの色で性描写の有無を判断することができます（赤・一定以上の性描写あり、ロゼ・性描写あり、白・性描写なし）。

詳しくは公式サイトにてご確認ください。
http://www.eternity-books.com/

携帯サイトはこちらから！

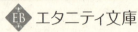

金曜日はピアノ
葉嶋ナノハ
Nanoha Hashima
第5回
アルファポリス
「恋愛小説大賞」
大賞受賞作品
胸をかきむしって
号泣したくなる、
珠玉の恋愛小説――
電車に揺られている私の膝の上には、
楽譜が入ったキャンバストート。
懐かしい旋律を奏でる彼の指が、
私へたくさんのことを教えてくれる。
雨の日に出逢った先生のもとへ通うのは、
週に一度の金曜日。
哀しく甘い、二人だけのレッスン。
文庫判　定価：620円+税　Illustration：ハルカゼ
金曜日はピアノ
葉嶋ナノハ
胸をかきむしって
号泣したくなる、
珠玉の恋愛小説――

～大人のための恋愛小説レーベル～

エタニティブックス
ETERNITY

恋を失ったふたりが、同居!?
# 婚約破棄から始まるふたりの恋愛事情

エタニティブックス・赤

葉嶋《はしま》ナノハ

装丁イラスト／逆月酒乱

結婚式を二か月後に控え、婚約を破棄された星乃《ほしの》。婚約指輪を売りに行った彼女が出会ったのは、同じ立場の男性だった！　その後も偶然出会い、互いの傷を知ったふたりは、一夜限りと、互いを慰めあう。彼とはもう二度と会わないかもしれない――と、星乃は寂しく思っていたが、そんな矢先に、彼と再会して……!?

四六判　定価：本体1200円+税

※エタニティブックスは大人の女性のための恋愛小説レーベルです。ロゴマークの色で性描写の有無を判断することができます（赤・一定以上の性描写あり、ロゼ・性描写あり、白・性描写なし）。

詳しくはアルファポリスにてご確認下さい

http://www.alphapolis.co.jp/

携帯サイトはこちらから！

～大人のための恋愛小説レーベル～

エタニティブックス
ETERNITY

ETERNITY エタニティブックス Rouge

エタニティブックス・赤

甘々♥新婚生活、スタート！
# 年上幼なじみの若奥様になりました

葉嶋《はしま》ナノハ

装丁イラスト／芦原モカ

四六判　定価：本体1200円＋税

小さな頃から片思いをしてきた晃弘《あきひろ》に突然、プロポーズをされた蒼恋《あおこ》。彼との新婚生活は溺愛されまくりの甘～い日々だけど、夫に頼りっぱなしで何もできない奥さんにはなりたくない！　蒼恋は彼に内緒で、資格試験の勉強に励むことに。しかし、それが晃弘に誤解を与えてしまい――!?

※エタニティブックスは大人の女性のための恋愛小説レーベルです。ロゴマークの色で性描写の有無を判断することができます（赤・一定以上の性描写あり、ロゼ・性描写あり、白・性描写なし）。

詳しくはアルファポリスにてご確認下さい

http://www.alphapolis.co.jp/

携帯サイトはこちらから！

〜大人のための恋愛小説レーベル〜

エタニティブックス
ETERNITY

エタニティブックス・赤

## 恋人契約は溺愛トラップ!?

# 迷走★ハニーデイズ

葉嶋《はしま》ナノハ

装丁イラスト／架月七瀬

職を失い、失意のどん底にいた寧々。だが、初恋の彼と再会！素敵になった彼に驚いていると、なんと彼から「偽りの恋人契約」を持ちかけられた。どうやら彼は、お見合いが嫌でなんとかしたいらしい。寧々は悩んだ末に恋人役を引き受けた。ところが恋人のフリのはずなのに、情熱的なキスをされてしまい!?

四六判　定価：本体1200円＋税

※エタニティブックスは大人の女性のための恋愛小説レーベルです。ロゴマークの色で性描写の有無を判断することができます（赤・一定以上の性描写あり、ロゼ・性描写あり、白・性描写なし）。

詳しくはアルファポリスにてご確認下さい

http://www.alphapolis.co.jp/

携帯サイトはこちらから！

EB エタニティ文庫

# 出会ったその場で婚約!?

エタニティ文庫・赤

## 絶対レンアイ包囲網

丹羽庭子　　装丁イラスト／森嶋ペコ

文庫本／定価：本体 640 円＋税

“おひとりさま” な OL・綾香は、知り合いの兄の婚約者役を頼まれる。実はお相手の彼、大変な曲者！　なぜか綾香を知っているようだし、本気モードで口説いてくるし……外堀を埋めていく彼の勢いが止まらない！　肉食系エリート社員と奥手な OL のドキドキ恋物語。

※エタニティブックスは大人の女性のための恋愛小説レーベルです。ロゴマークの色で性描写の有無を判断することができます（赤・一定以上の性描写あり、ロゼ・性描写あり、白・性描写なし）。

詳しくは公式サイトにてご確認ください。
http://www.eternity-books.com/

携帯サイトはこちらから！

EB エタニティ文庫

# 大嫌いな初恋相手とラブバトル⁉

ETERNITY Rouge
エタニティ文庫・赤

## こじれた恋のほどき方

永久めぐる　　装丁イラスト／小島ちな

文庫本／定価：本体 640 円＋税

とあるお屋敷の管理人として、悠々自適な生活を送っていたさやかのもとに、ある日幼馴染にして天敵の御曹司・彰一が現れた！　しかも、売り言葉に買い言葉で、さやかは彼と同居することになってしまう。基本は暴君、ときどき過保護な彰一との生活はハプニングの連続で……

※エタニティブックスは大人の女性のための恋愛小説レーベルです。ロゴマークの色で性描写の有無を判断することができます（赤・一定以上の性描写あり、ロゼ・性描写あり、白・性描写なし）。

詳しくは公式サイトにてご確認ください。
http://www.eternity-books.com/

携帯サイトはこちらから！

エタニティ文庫

# 極上王子の甘い執着

エタニティ文庫・赤

## honey（ハニー）

栢野すばる　　装丁イラスト／八美☆わん

文庫本／定価：本体 640 円＋税

親友に恋人を寝取られた利都。失意の中、気分転換に立ち寄ったカフェで、美青年の寛親と出会う。以来、彼がくれるデートの誘いに、オクテな彼女は戸惑うばかり。しかも、寛親は大企業の御曹司だと判明！　ますます及び腰になる利都に、彼は猛アプローチをしかけて——

---

※エタニティブックスは大人の女性のための恋愛小説レーベルです。ロゴマークの色で性描写の有無を判断することができます（赤・一定以上の性描写あり、ロゼ・性描写あり、白・性描写なし）。

詳しくは公式サイトにてご確認ください。
http://www.eternity-books.com/

携帯サイトはこちらから！

エタニティ文庫

## やり手上司のイケナイ指導

## らぶ☆ダイエット１～２

ETERNITY Rouge

エタニティ文庫・赤

久石ケイ　　装丁イラスト／わか

文庫本／定価：本体 640 円+税

ちょっと太めなＯＬの細井千夜子は、ある日、自分の体型について男性社員達が陰口を叩いているのを耳にしてしまう。そこで彼女はダイエットを決意！　するとなぜかイケメン上司がダイエットのコーチを買って出、恋の指導もしてやると妖しい手つきで迫ってきて――!?

---

※エタニティブックスは大人の女性のための恋愛小説レーベルです。ロゴマークの色で性描写の有無を判断することができます（赤・一定以上の性描写あり、ロゼ・性描写あり、白・性描写なし）。

詳しくは公式サイトにてご確認ください。
http://www.eternity-books.com/

携帯サイトはこちらから！

EB エタニティ文庫

# 理系夫のアブナイ実証研究

エタニティ文庫・赤

## スイートホームは実験室!?

**藤谷 郁**　装丁イラスト／千川なつみ

文庫本／定価：本体 640 円＋税

恋に縁遠かった 27 歳の春花は、お見合い相手の超イケメン理系博士・陸人からの猛アプローチで結婚した。理系でちょっと変わり者の陸人は、寝室でも研究熱心。夫婦なんだから、と春花にアブナイ実証研究を持ちかけてきて……!?　知的な彼と奥手な彼女の、ラブあま恋愛物語。

---

※エタニティブックスは大人の女性のための恋愛小説レーベルです。ロゴマークの色で性描写の有無を判断することができます（赤・一定以上の性描写あり、ロゼ・性描写あり、白・性描写なし）。

詳しくは公式サイトにてご確認ください。
http://www.eternity-books.com/

携帯サイトはこちらから！

本書は、2015年10月当社より単行本として刊行されたものを文庫化したものです。


この作品に対する皆様のご意見・ご感想をお待ちしております。

おハガキ・お手紙は以下の宛先にお送りください。

【宛先】

〒150-6005 東京都渋谷区恵比寿4-20-3 恵比寿ｶﾞｰﾃﾞﾝﾌﾟﾚｲｽﾀﾜｰ 5F
(株) アルファポリス　書籍感想係

メールフォームでのご意見・ご感想は右のＱＲコードから、
あるいは以下のワードで検索をかけてください。

アルファポリス　書籍の感想　検索

ご感想はこちらから

エタニティ文庫

# 恋《こい》の一文字《ひともじ》教《おし》えてください

## 葉嶋《はしま》ナノハ

2018年　10月　15日初版発行

文庫編集－熊澤菜々子・塙綾子
発行者－梶本雄介
発行所－株式会社アルファポリス
〒150-6005 東京都渋谷区恵比寿4-20-3 恵比寿ｶﾞｰﾃﾞﾝﾌﾟﾚｲｽﾀﾜｰ5F
TEL 03-6277-1601（営業）　03-6277-1602（編集）
URL http://www.alphapolis.co.jp/
発売元－株式会社星雲社
〒112-0005 東京都文京区水道1-3-30
TEL 03-3868-3275
装丁イラスト－ICA
装丁デザイン－ansyyqdesign
印刷－株式会社暁印刷

価格はカバーに表示されてあります。
落丁乱丁の場合はアルファポリスまでご連絡ください。
送料は小社負担でお取り替えします。
©Nanoha Hashima 2018.Printed in Japan
ISBN978-4-434-25189-4 C0193